近乡

李道立 著

哈尔滨出版社

图书在版编目（CIP）数据

近乡 / 李道立著. —哈尔滨：哈尔滨出版社，2023.7
ISBN 978-7-5484-7371-8

Ⅰ.①近… Ⅱ.①李… Ⅲ.①散文集–中国–当代 Ⅳ.①I267

中国国家版本馆 CIP 数据核字（2023）第 129193 号

书　　名：	**近乡**
	JIN XIANG
作　　者：	李道立　著
责任编辑：	李金秋

出版发行：哈尔滨出版社（Harbin Publishing House）
社　　址：哈尔滨市香坊区泰山路 82-9 号　邮编：150090
经　　销：全国新华书店
印　　刷：四川科德彩色数码科技有限公司
网　　址：www.hrbcbs.com
E - mail：hrbcbs@yeah.net
编辑版权热线：（0451）87900271　87900272
销售热线：（0451）87900202　87900203
开　　本：880mm×1230mm　1/32　印张：7.25　字数：168 千字
版　　次：2023 年 7 月第 1 版
印　　次：2023 年 7 月第 1 次印刷
书　　号：ISBN 978-7-5484-7371-8
定　　价：56.80 元

凡购本社图书发现印装错误，请与本社印制部联系调换。服务热线：（0451）87900279

为政为文两从容

谢 伦

提起"文学襄军",一定绕不开南漳作家群,尤其是近年来,他们在小说、散文、诗歌的创作上都取得了一定的成绩,创作了不少优秀作品。这些作者和作品,好比荆山深处的一道道亮丽的风景,引起了鄂西乃至湖北文坛的广泛关注。据我所知,南漳作家群是一支近百人的创作队伍。他们分散在南漳县域的各个角落,平时都忙着各自的生活,承担着各自的社会角色,但尚能在生活与角色里感悟个中真谛,并将其书写出来,分享给他人。这在文学不断被边缘化的今天,实在是不多见、不简单的,而李道立就是这个作家群里的中坚人物、佼佼者。

在写作上,李道立以诗歌见长,兼及散文,且成名很早。回忆一下,应该还是在21世纪初,我就在《人民文学》副刊、《诗刊(下半月)》等刊物上读到过不少他的作品,印象较深的有诗歌《寒夜》《读卞和》《水镜路》等等。这些作品无论是文字之考究,还是意蕴之深刻,皆可称为上乘之作,令人称赞。那几年他先后获得了诗歌和散文的不少奖项,影响广泛。只不过那时候我们还未相识，即所谓的未见其人、先闻其声。直到2011年秋天，李道立开始牵头南漳县的作协工作（他在两年后担任作协主席）。在全县举办"葫芦潭"杯文学大赛时，我作为评委到南漳武镇参与大赛评奖，这才和他的真人对上号。得知他当时还不满40岁，却已经是南漳县审计局党组书记、局长了，标准的青年才俊一个。他待人热情又谦和，特别是话语之间流露出的那微微的羞涩感，总让我联想到他所作诗文的风格：平和、内敛、睿智、不疾不徐、情感细腻。

李道立是土生土长的南漳县人。南漳地处荆山腹地，是楚文化的发祥地，也是三国故事的源头，历史文化丰富，自古人杰地灵。一方水土养一方人，其写作优势自然是得益于这一片土地的滋养。然而，在我看来，但凡是基层的作者，无论写出了多么出色的作品，终归还是个业余选手，与专业作家相比，有一个回避不了的现实，那就是要谋衣食，要养家糊口，活人的稻粱永远都是排第一位的。这就意味着我们的写作条件会更艰苦，三更灯火五更鸡，付出更多。李道立是公务员，从青年到中年，从普通职员到局长，在政界为官，上上下下、左左右右，该有多少微妙的人情世故要小心关照打点，又有多少说不出口的难事苦差要去处理，容不得有半点含糊，这是没办法的事。主政一方，职责所在，忧民苦未息，常叹人民生活困苦，面对乡亲父老，再忙再累也得挺住。好在这么多年李道立都坚持下来了，又或者说，他总能有办法把工作上的诸多烦杂，千头万绪，捋顺弄通，料理妥当，从而实现局长与作家之间的角色转换，使自己在夜深人静之时，能有心境提笔展纸，于蓝天白云、绿水青山、古井麦场、炊烟鸟鸣之间，放飞思绪，进入忘我的自由创作状态。

作为一名诗人，李道立现已陆续付梓出版了四部诗集：《一直在等》《一生在等》《李花》《一字诗选》。这些都是他对在生活、工作中一路践行的忠诚的记录与真情呈现，是他呕心沥血的笔耕结晶，更是他对于文学的执着追求所产生的必然结果，得到了读者的广泛赞誉。但李道立并没有就此满足、止步。就在前几天，他忽然打来电话，说在今年年初的疫情防控期间，他又写了一批有关扶贫抗疫的稿子。他把多年来发表在报刊上的散文也都进行了一番编辑整理，除诗歌之外，准备再出一本散文集，出版社也已经联系好了，书名暂定为《近乡》，嘱我为其写序。我虽勉为其难，但面对厚厚的书稿，又不禁为他的勤奋、为他一直所秉持的"仕途文心"而感到肃然起敬。按照时下文艺批评的一些说法，李道立的作品当属于执政者的"官员写作"。特别是近两年来，文学批评界对"官员写作"讨论颇多、颇热烈，又各有观点、见仁见智。其实，在我看来，在中国传统文学里，"官员写作"历来就是一道独特的风景。古有"立德、立功、立言"之人生"三立"，亦有"立言不朽，经世致用"之说。文人做官，官员写作，几乎是必然的功课。像王安石、苏东坡、韩愈、柳宗元、欧阳修、曾巩等，他们不仅仅是官员，也是人生境界极高的诗人和文章大家，今天被我们奉为必读经典的作品，有几篇不是出自他们之手？只是时至今日，社会结构发生了巨大变化，社会分工越来越细。为政者往往在政治、政绩上考量居多，注重文学修养和艺术熏陶的人反而越来越少了。这不能不说是政界的一个缺失、一个遗憾。若为官者一味当官，一味高高在上，不去加强文化艺术方面的学习和浸润，自小处讲，人会变得庸俗、粗鄙，工作上就难免简单、霸道，刚愎自用；往大里说，势必会与民众离心离德，令人不齿，实在是不利于和谐社会的构建。我们常说文学艺术是一个社会经济发展和政治文明的坐标系，而亲近文学艺术，则是丰富个人情感，修身明志的重要途径。现在我们反复强调要有文化自信，提倡建设学习型社会、学习型政党，读万卷书，行万里路，倡导领导干部要终身学习。工作之余热衷于文学创作，就是自我学习的一种重要方式，是学习的升华，应该成为从政者追求的一种至高境界。

从这个层面上来讲，李道立无疑已为我们做出了很好的榜样。"春风大雅能容物，秋水文章不染尘。"新著《近乡》就是他在为政之余的又一精神收获，也是他于诗歌之外在人生旅途中所采撷的另一朵心灵之花。这部书稿分为六小辑："圣地南漳""千年暗语""诗意穿行""初心之旅""看见时间""一次修行"。从前面的一至四辑来看，这部作品应属于作者非常个性化的非虚构类纪实作品。作者从荆山故地的历史文化入手，以家乡山水为背景，以驻村扶贫为主线，关照农村，体悟农民。其中既有紧扣时代精神的同步书写，亦有大事小情的具体记述，呈现出作者的拳拳之心，浓浓的乡情。后两辑则多是作者对自己心路历程的诸多思考、追问、感悟，字里行间闪烁着其思想的光辉，特别是对建党100周年的深情书写，充分展示了他积极的人生态度及进取精神。此外，我还想多说一句的是，在阅读这部书稿的过程中，我注意到李道立的创作始终呈现出一个重要特点，那就是他擅于贴着具体的事物写，贴着他日常的生活和工作写，所以他的文字里没有官场常见的那些不着边际的假大空，那些凌空蹈虚的花架子，读来无不生动鲜活，耐人寻味。例如，收到这本集子里的散文《卞和的南漳》《洞河》《我喜爱的楚丹阳》《再回茅坪》《写出自己》等，都是我喜欢的文章，还有记得我过去读到过的，写他早年在机关工作的日常以及廉政审计的诗歌集《一直在等》《一生在等》，也可以说是这方面的代表作品。其实从事过写作的人都知道，要想把现实生活中的些许感悟用独特的诗歌或散文语言表达出来，并非一件容易的事，但李道立显然做到了。他的文章（无论是诗歌还是散文），看似在"风月里道长短，魏晋里论兴替"，表达的却都是你我当下的日子，是民情民生的喜怒哀乐、酸甜苦辣。可见为政为文并不矛盾，也完全可以做到互补互通。为官者多一双作家的眼睛，也就多一些洞察社会的角度，多一些体贴百姓的情怀，这对从政自然是大有益处的。

  李道立为70后作家，眼下创作势头正猛。梭罗好像说过："理解力所栽培的东西，季节会让它成熟、结果。"我有理由相信，一个常年在仕途上摸爬滚打的人，一定比一般的作家的政治站位更高，对时代、社会也更具洞察力。而且随着年龄的增长和阅历的丰富，李道立在以后的创作中，文字也将会越加老练，立意会越加深邃。因此，我愿他借《近乡》出版为新的起点，百尺竿头，更进一步，写出更多质量更高的作品，做到政声文采两风流！

2020年10月5日于丹江口

目 录
CONTENTS

第一辑　圣地南漳

卞和的南漳　　　　　　　　　　　　002

南漳归来　　　　　　　　　　　　　005

圣地南漳　　　　　　　　　　　　　008

我喜欢的楚丹阳　　　　　　　　　　011

漳源胜地　　　　　　　　　　　　　014

一山一水一庄　　　　　　　　　　　018

遇见老屋　　　　　　　　　　　　　021

致樱花　　　　　　　　　　　　　　025

樱桃季　　　　　　　　　　　　　　028

春秋寨的色彩　　　　　　　　　　　032

第二辑　千年暗语

洞　河　　　　　　　　　　　　　　　036

酒　气　　　　　　　　　　　　　　　040

桃源四月　　　　　　　　　　　　　　043

堰河天　　　　　　　　　　　　　　　046

夜凤凰　　　　　　　　　　　　　　　052

金边土豆　　　　　　　　　　　　　　055

庵沟花谷　　　　　　　　　　　　　　059

第三辑　诗意穿行

从"澳门"入诗　　　　　　　　　　　064

从李花进入百花　　　　　　　　　　　067

诗意的穿行　　　　　　　　　　　　　071

我想写些什么　　　　　　　　　　　　074

一生在等　　　　　　　　　　　　　　079

写出自己　　　　　　　　　　　　　　084

向李白追寻诗和远方　　　　　　　　　090

第四辑　初心之旅

回茅坪　　　　　　　　　　　　　　　116

再回茅坪　　　　　　　　　　　　　124

初心之旅　　　　　　　　　　　　　128

特殊培训　　　　　　　　　　　　　133

柳林为证　　　　　　　　　　　　　138

柳林诗会　　　　　　　　　　　　　144

答题卡　　　　　　　　　　　　　　149

我的2013　　　　　　　　　　　　　153

我的2019　　　　　　　　　　　　　156

第五辑　看见时间

同学赋——写予胡营中学88届初三(1)班　　160

南漳审计赋　　　　　　　　　　　　163

致西藏山南审计组一封信　　　　　　165

经典的魅力——读《习近平用典》　　167

精品即精神——读《全面小康热点面对面》　170

一梦"两个一百年"——观看历史文献纪录片
　《筑梦中国——中华民族复兴之路》 173
长征之光——观看电视纪录片《长征》 176
进修赋——写于2021年秋季第一期主体班 179
八周——有感于2021年秋季第一期主体班学习 182

第六辑　一次修行

每天"第一次" 186
家书是一剂暖心良方 192
阅读是一扇窗 195
何以"致远" 197
清茶悟 201
做一只蜘蛛 204
青年人的"诗和远方" 206
一品红 208
文学大赛漫谈 210

后记　招引处——记《近乡》 213

第一辑

圣地南漳

卞和的南漳

中国若从南漳说起，历史就多了一番神貌；历史若从卞和说起，中国就多了一种声音。

通往南漳的路只有一条，沿汉江平原而来，终点就在荆山，这是当年卞和独自走出的；通往帝王的路也只有一条："得民心者得天下，失民心者失天下"，终点就是民心，这是5000年来历代帝王共同走出的。

卞和是我知道的最早的南漳人。这位一身布衣、一生贫困、一心献玉的可怜农民，后来却成了家喻户晓、妇孺皆知的一代圣农，原因之一就是他的宝玉，带着"受命于天，既寿永昌"，纵横中国、驰骋华夏，以至谁拥有了玉玺，谁就拥有了天下。

我想历代帝王大概都曲解了卞和的初衷，平民与帝王，应该才是山河主宰的心力角逐。

现在我可以告诉你，"南条荆山，漳水出焉"，最早可远溯至隋开皇十八年。即使翻开中国地图册，南漳仅属弹丸之地，你甚至找不出它的所在。但源远流长的楚文化，如同漳水，绕着荆山回旋至今。荆山有什么魅力呢？楚文化固然异彩纷呈，但荆山名望的至高乃是天下最奇异、最珍贵、传承最久的和氏璧，产生于南漳荆山的玉印岩。因此荆山的赫赫有名也就不足为奇了。

于是，楚文化便高高矗立起一座荆山。荆山是需要我们去探寻、欣赏、想象和攀援的。

很久以前，凤凰不落无宝之地，竟被一个农民首先看破。如果没有他的献玉之功，我们今日失掉的就不仅仅是一块和氏璧了，我们还将失去一个令后人仰慕并将其继续仰慕下去的精神之璧。

"泰山最高，荆山独秀"。

应该说，卞和开拓了南漳。楚国兴起于荆山的沮、漳流域。《春秋》中从庄公十年就称楚国为荆，"楚熊绎丹阳"、楚先民"筚路蓝缕、以启山林"先后发生在南漳。南漳在古楚文化中得宠，更多却是因为和氏璧，说是因为卞和也行。这个固执得可爱的农民，既成全了荆山，也成全了天下。也许是卞和留给了南漳一副傲骨，千百年来，它像荆楚大地挂在胸前的一条金项链，它灵动、发光、闪亮。

就像八百里南漳坚信不疑的过去、现在和未来，卞和的南漳从来都是坚韧不拔的。"一玉何须太认真，两遭刖足竟忘身"，这在今日看来是多么的遥不可及。而当时的卞和却是极端认真，极度坚信。这是一个变化多端的世界，卞和的南漳，已更早、更清楚地看到了这一点。

南漳是丰富的。3859平方公里的土地上，"荆山南峙，沮水东来，蛮水西环，凤凰北栖"，素以"四十八大泉，七十二河堰"闻名遐迩，山峻、谷险、洞奇、水绿。

南漳是神奇的。水镜庄的司马徽，一句惊世之语，使中国历史又多出了三国；鬼斧神工的金牛洞，沉默得太久太久，是人民和母语揭开了它的面纱；荆山奇观香水河，极富张力的瀑布群，正日益受到瞩目；森林公园七里山，巨匠式的绿荫艺术，把整个世界安顿在她的怀中；如诗如画的水镜湖，奇迹般地呈现出史诗的深邃和壮阔；漂流的甘水，仿佛八百里的洒金笺上透出风流云散的气息……

南漳是美丽的。我处在卞和和南漳的结合点，前面是古人，后面是来者。沐浴在桑蚕之乡、木耳之乡和茶叶王国，只感到荆山的深邃和大气。置身于绿野中，山清水秀、绿树成荫、花果飘香、茶桑遍野、春天常驻，尽心感受丰厚的历史，尽情享受清新的空气、宁静的环境、天然的优质水。

南漳是坚韧的。方圆八百里，流动的是他的卞和式的韧性。一个世世代代与农民相依为命的农业县城，依靠山水，岂能困在大路上。它自觉地把农民的艰难困苦化为一种脱贫的决心，加快道路建设、恢复水利工程、狠抓农业生产、发展生态农业。它的每一年，都在不断脱贫并加快这种速度；它的每一天，都在向着生态美、产业强、机制活、百姓富的"金南漳"迈进。正因为如此，南漳的发展绝非一闪而过的，而是在这种静待的卞和式的坚韧中闪耀它的光芒。

对此，我坚信不疑。

我一直为我作为卞和的后人，能够生活在和氏璧的故乡而心怀感激。

我爱南漳，最是坚韧不拔；我爱卞和，最是诚实守信。中国劳动人民的传统美德，说到底就是忍痛求实，这是大境界。

（此文原刊于 2014 年 2 月 20 日《作家报》，又刊于 2020 年 3 月 6 日"中国作家网"）

南漳归来

南漳因何而来？南漳因史而来。

因公元前700年的楚罗战争而来，因罗国而来，因庐戎国而来，因卞和而来，因思安县而来，因"南条荆山漳水出"而来，来的理由多文化、多源头，且太多太多。

罗贯中在《三国演义》里曾这样说过："却说玄德跃马过溪，似醉如痴……迤逦望南漳策马而行，日将沉西。正行之间，见一牧童跨于牛背上，口吹短笛而来。"南漳因刘备的痴醉而来，因牧童的短笛而来。这样说来，南漳的许多地方都在平静中透着生机，有一种文明沉淀后的诗情画意的美。

《三国演义》第35回"玄德南漳逢隐沦，单福新野遇英主"，我多年前就专门读过。我第一次读到它且令我得以尽欢的是，那一长溜1000多年前令人似懂非懂的语言，就这样把徐庶这位隐居奇才延请到了今天的南漳。

徐庶虽身在楚地的一隅，却忠孝两全，天下闻名。说来也怪，最让我得意的，竟然还是结识了这位近乎愚忠和痴孝的同乡。如此说来，南漳因一个同乡而来。

徐庶庙出名，是因为它是三国名士徐庶的隐居地，其又名"徐庶故里""单家庄"，坐落在南漳县城东北方，和我家仅百米之隔。不足10亩的一个地方，集智慧与谋略、忠孝与文明，演绎着远古风情，似幻似梦，却又贯穿着无穷无尽的活力，动人心魄。

千年孝府"徐庶故里"，这个启迪过南漳历代仁人志士的思想并仍在继续改变着现代文明的内涵的地方，谁能想到，却从另一个角度对"忠孝不能两全"的千古名句进行了释然。

徐庶就是在南漳磨蚀出来的。物换星移，岁月沧桑，历史在不经意间，精雕细琢，造就了荆楚的超凡脱俗和南漳的人杰地灵，也成全了徐庶的忠和孝。

精彩南漳，以何而来？南漳的精彩无处不在。

因有这忠孝的光彩而更显精彩！如果说忠孝还不算有代表性，那么再往后就是高歌自荐了。

"天地反覆兮，火欲殂；大厦将崩兮，一木难扶。山谷有贤兮，欲投明主；明主求贤兮，却不知吾。"

因此，我可以骄傲地宣称，我的这个同乡，得到了一次不朽的"艳遇"。这不含杂质的语言，仿若天籁，似一杯浓香的琼浆玉露，让你感到沉醉。

许多人认为徐庶的高歌自荐多少有点恃才自傲。我读此句时不到20岁，初读时对这位老乡产生了误解。其实，正是有了"高歌"与"自荐"的同时出现，才体现了历史的波澜壮阔和徐庶的狂放大气，以及同乡的求贤若渴。徐庶也因其奇情瑰彩、脱俗不凡的气度而成为三国英雄中的一大亮点。

工作20多年后，我早已知道当年的误解是多么可笑。我坐在高高的玉溪山上，看山上的水镜湖，看湖下的蛮河水，听天空的声音，听湖河的声音。水镜先生在这里，道出了天下的玄机；孔明坐在这里，悟出了三国的秘密；徐庶策马月下，得到了人生的真谛……

现在，我知道，在这里思考的人愈来愈多了……

所以，这些三国的、先前的、当今的、他乡的、本土的，都被我视为同乡。我喜欢并敬重这些同乡，我感激并祝福这些同乡。因为他们才是真正生活在南漳的人，而且是生活在真正的南漳的人。

文明南漳何在？文明南漳，因为有心向往之的同乡而再现曙光。文明南漳无处不在。知音满天下，老乡能几人。

说到南漳，就不得不再说到这位老乡的"走马荐诸葛"，说到这位"嘱友一言因爱主"的徐元直。片言却似春雷震，能使南阳起卧龙。

是乡情、乡音、乡恋，是北京、广东、武汉，因南漳而聚会，因南漳而走向世界。

南漳就是南漳，它有全国最多的山寨群，有世界唯一的和氏璧，有意境唯美的七彩瀑，有享用不尽的土特产，有独具特色的有机谷，有驰骋四海的同乡人……

美丽南漳，有诸多如徐庶这般的同乡，为这美景增添了思想。于是，南漳才美得深刻、美得真实。

如果没有这片土地，我将错过一些很好的老乡。所以，因为有了这些老乡，我也算有福了。

（此文2020年5月11日刊于"中国作家网"）

圣地南漳

中国有许多英雄辈出的朝代,三国算是其中较突出的一个朝代。三国有许多英雄,而英雄的诞生地,如具有强劲吸引力的磁石,令人千里相投。

南漳就是这么一个地方。"玄德南漳逢隐沦,单福新野遇英主",每每读到《三国演义》的第35回,我的眼睛和身心均倍增享受。

夕阳在玉溪山顶的最后一线余晖,悄悄地落在了吊桥上,蜿蜒流淌的蛮河水顿时笑脸相迎。我漫步在《三国演义》中的小桥上,仿佛时光倒流,先生正凭庐望徒……

静静依依,芳草萋萋。

在灿烂阳光下,走进满目苍翠、花香四溢的司马草庐,门楣上清楚地呈现出沈鹏先生书写的三个大字:水镜庄,意在提醒人们,这座几经失而复修的庄院的主人,便是2000多年前的司马徽先生。不远处,一心拨琴的先生雕像,依然神态可掬,超凡脱俗,似乎找不到岁月留下的痕迹。

东汉末年,古文经学派名士司马徽在这里发现了一方净水。

千年过去，岁月侵蚀，茅庐早去，但蛮水依旧。先生在这里聚众讲学，让南漳天下闻名。其后，孔明、庞统、徐庶等名士向先生求学，竞相比智。我坚信，南漳不仅是"隆中对"的发源地，更是三国的发源地。

南漳的楚文化清幽沉寂，深藏不露，或许正是她不显山不露水的天性，使她在战乱中保留一方神秘，为三国留下这一方绿洲。而她那"筚路蓝缕"的精气，"辟在荆山"的遗韵，更加吸引人们愿意去走近她，感受她。

不过，南漳终究是文化的南漳。楚人卞和，如果让他再活一次，一定会舍弃楚国而选择三国。从来不问世事的水镜先生，却要为两名高徒荐言："伏龙、凤雏，二人得一可安天下"，还破天荒地劝说徐元直："今天下之奇才，尽在于此，公当往求之。"看来，这个朝代，这座县城，不仅在三国英雄眼里，甚至在当今世人眼里，都有着令人难以磨灭的印象。

这个印象，引诱着我。我开始理解诸葛亮为什么要选择襄阳作为他的再生之地，徐庶为什么要把寻找南漳作为他"走马荐诸葛"的背景了。这一智一孝的两位英雄所看重的，也就是三国时代的南漳，曾经如此祥和安定而沃野千里，包容万物而地灵人杰，胆豪气壮而胸怀天下的精神高地。这在当时，是其他地方所不及的。

三国前的南漳，虽经战乱，但古人打仗，空气污染甚微。所以，地绿依然，水清依旧，空气清新如沐。

因此，躬耕育书的司马徽，也许在极目无垠的八百里土地时，在马蹄声碎、阅读声细中，会感到寂寞和单调。但在稍事憩息后，在白马洞下，水镜庄前，席地小酌，或饮酒，或对诗，或斗智……弹拨弦索，手之舞之，足之蹈之，那肯定是乐在其中了。可以想象水镜先生一手抚琴，一手撼髯，在茅庐中央，或笑或思，琴音绕水，回声鹊起，该给这个三国的南漳，增加一抹多么鲜丽的颜色啊！

沮水、漳水、蛮水、潍水，四大好水浇灌这一隅田地。一眼望去，四野平川，远山之间，情景交融、动静结合、亦虚亦实。

南漳历史悠久，这一点我早就知道。说三国时的南漳能做到不陌生，这一点我做得在心在意。虽没有骑马遇见牧童，却在没留意间的散步之时，听闻水镜庄下的一串笛音，一瞬间眼前一亮。于是，我开始集中精力，打量着深邃如宙的荆山。

我意识到正脚跨几千年的文明。三国的英雄、南漳的胸襟，都与这历史密切相关，但又让人语焉不明。

总而言之，三国的南漳，是一个张开臂膀，孕育英雄的圣地。

（此文2020年3月17日刊于"中国作家网"）

我喜欢的楚丹阳

　　荆楚大地多文化，尤多源头文化，楚文化发祥地、三国故事源头、和氏璧故乡、漳水发源地等早已闻名遐迩。此外，这里还有至今不大为人所知的另一种文化：丹阳文化。

　　一直以为荆楚大地上那个神秘莫测的楚丹阳只会是心中的一个悠远而多思的结。从熊绎到熊通，300余年间，楚国的一切人文，都与丹阳息息相关。作为楚国的始都，丹阳无疑是楚人的圣地。丹阳不仅产生了屈原、宋玉那样声名显赫的大文学家，也产生了老子、庄子那样博大精深的大思想家，为后人留下了丰富的文化精髓。

　　多少年后，我早已误解家乡的神秘是多么可笑，但当我真的面对浮华的现实发呆时，楚丹阳这种现象的小模小样便无拘无束地放射出来。据《史记·楚世家》记载："熊绎当周成王之时，举文、武勤劳之后嗣，而封熊绎于楚蛮……居丹阳。"

　　"昔我先王熊绎，辟在荆山，筚路蓝缕，以处草莽，跋涉山林，以事天子"，仅此几句，我一直将它看成古楚文化中关于南漳的罕见绝唱。

丹阳，是熊氏之楚族生息居住之地，是一片具有特定特征的区域，是一个一定时期的地理产物，抑或是楚国时期一个美好的梦想，更或是荆楚大地繁华的一种气象。直到现在，我还在想着自己喜欢楚丹阳的理由：找一个属于春天的日子，再找一个时候，在那周身文气的楚丹阳中安然睡上一夜，将自己的身心完全交付给最亲近的山水，狠狠地享受这文化的一"楚"。

猛地、山水、古寨、庄庙、河洞、湖峡，幻化并涌成一团，把人振醒。在家乡长大后，像同时代的年轻人一样，我也在荆楚大地上从东到西去漫游。从一身布衣的卞和到忠孝两全的徐庶；从潜心荐贤的司马徽到纵横鼻祖的鬼谷子；从谋功有道的白起君到精忠报国的张自忠；从"刻木事亲"的丁兰到"实业救国"的冯哲夫。在现代，23岁的李协一和21岁的张道南，将自己年轻的生命，奉献给了南漳的革命。当我身无所依、心无所系的时候，英雄便成了我的最爱。

我喜欢"南条荆山，漳水出焉"的概述，紫蔼神奇的荆山，游而可赏的漳水，绿意盎然的田野，桃李竞芳的果树，香飘万家的贡米，滋味鲜醇的茶叶，独具特色的野味……好一派淡雅的田园文化。我想，荆楚河山可以是兵家必争的疆场，也可以是孕育文明的乐土；可以任由春秋霸主们把国都丹阳不断扩大，也可以庇佑水镜先生的惊世之语纵横三国。欢快的南漳小地，清晨，刚刚遇见了卞和的宝玉；中午，便迎接了徐庶的快骑；傍晚，又看到了久违的古山寨。夜晚一长，你就能知道荆山的味道。初到卧牛山寨，绿荫隐约，古墙依稀，依山而建，诸台犹存，古石碑文，历历在目；初访春秋古寨，地形独特，山水交融，视野开阔，目纳荆楚，桃园结义，尤为动人；初进青龙山寨，悬崖陡峭，青石垒砌，大小方圆，别具一格，天地合一，阴阳相配。仁者乐山，智者乐水，这是我比较羡慕的生活方式。

你喜山水，我爱文化，纵有万般不舍，不会让你在我眼里看出荆楚不足的一丝一毫。幸好南漳还留下了一些民俗，留存了一些文化。楚丹阳就是这样，它有世界唯一的"端公舞"，有独具特色的"苞茅缩酒"，还有史学界公认的楚乐活化石"沮漳巫音"，以及极具楚地特色的漳河源头之舞"漳河鱼灯"，蛮河流域之歌"秧田歌"，南漳本地之艺"东巩高跷"，千变万化之戏"牵钩戏"，家喻户晓之声"闹年锣鼓"等，这就足够了。也说不清究竟有多少文化，也说不明有多长历史，却终于被记住，而且还要被记住千年，直到地老天荒。

说到这里，就不得不说说关于楚共王的一个故事：相传楚共王狩猎时遗失了一张宝弓，随从急着要去找，楚共王却不让他们去找。他说：有个楚人丢了一张弓，有个楚人捡了一张弓，都是楚人，没有什么损失。

《左传》上说"唯沮与漳，楚实尽之""江汉沮漳，楚之望也"。先人们留下的心语，似幻似梦，却又贯穿着无穷无尽的魅力，动人魂魄。

学术界对丹阳地望有种种猜测。这使我突然想到了以山引人的古隆中、鹿门山、五道峡；以水留人的香水河、三道河、熊河水；以城著称的楚皇城、襄阳城、夫人城；以寺闻名的白水寺、承恩寺、广德寺……我的家乡楚丹阳留有的悲欢休戚，传颂久远。

我喜欢的楚丹阳，既眷恋着南漳的风土文物，又向往着江汉的开阔文明。于是丹阳就成了荆楚的便道，脚在何处，丹阳就在何处；路在哪里，楚人就在哪里。

（此文2020年5月6日刊于"中国作家网"）

漳源胜地

"南条荆山，漳水出焉"，此为南漳灵气之灵魂。将南漳呼之山水，将山水变为童话，将童话变为现实的，当属漳河源头。

我对漳河源头心仪已久，我是在一个盛夏的正午走近漳河源头的。

本不应该在正午，可偏偏赶着县里修水库，多绕了几个乡镇，我们便多绕了几层山水。一路上忽而是农舍，忽而是田园。沿着弯弯曲曲的山路盘旋，唯一让人兴致盎然的是公道两旁，大树密不透风，古柏绿荫如盖，大片的叶子，在车窗边一闪而过，像嬉戏的孩子，无忧无虑。百年的白果树，绿得正酣，大蓬大蓬的，从树梢泻下，无拘无束，如瀑如倾。鸟儿高鸣，隐隐约约，叽叽之声，悦耳不绝。

遇到这样的景象，我渴望徒步前行。

一直走，明知是在上山，却像在云游天际。正午直射的阳光当空羞涩，叫不出名的天然林木遍布四周。不经意间，竟翻过了山顶，一道悬崖峭壁，突然在眼前打开。青山绿水，蓝天白云，层峦叠翠，远炊近烟，尽收眼底。高山七月，暴雨才下，石板虽干,路依然滑。幸好峭壁之上,翠竹争拥,依竹而行,边走边看,眼前那道绝壁,金灿灿的荒凉,赫然在目。听当地老乡讲,此地名曰龙王冲,前山后梁,却看不见龙的身影。绿树造就了龙王冲,也塑造了漳河源头的梦想。

净心拥绿水,享受不一般的晶莹和宁静,绿也是山的精魂。久居平原,难得一见如此美景。沿石阶而下,我被眼前几条碗口粗的巴山虎吸引了,如根似藤,翘首弄尾。据老乡介绍,这片巴山虎时近百年,实属罕见。过巴山崖,得一小诗:"一山一日翠,千里层峦绿。巴山伴龙王,小冲正当时。"

心放下来,脚停下来。山高、水低,眼前一亮,一片林中空地,一栋古式民宅,一条蜿蜒清水,把我们带进了漳河胜地。有了山脉,漳河才有了跌宕,有了河道,漳水才有了动感,有了人家,漳河才有了激情。

"金钱如粪土,脸面值千金",这是我在漳河人家听到和感受最深的,也是最质朴的诗句。我又看到了久违的鲜红的标语"百年大计,教育为本",像一面旗帜横在老宅的门楣之上。望见"漳河编钟之声学校",看来,神秘的漳河源头到了。古宅四面环山,四周都是森林,整整十四座山峰竞相挺拔,悠悠流淌的河水,清澈碧透,奇怪而固执地向西流去,鸟儿在四周欢唱。空气清凉,吮吸一口,似甜如蜜,森林的味道渐渐袭来。

"欢迎,欢迎!"笑容可掬、和蔼可亲的陈三爷,老远站在河岸,拱手相迎。踏石过河,清爽之气遍布全身。与陈三爷寒暄过后,我们在古宅里坐定,听老人讲古宅的历史、陈家的历史,漳河源头的百里峡谷、五大山寨、鱼泉的风光、温泉的传说以及珍稀的动植物。老人的讲述在不经意间便让我们在神秘而悠远的故事之中遨游……

不知从什么时候开始，古宅正厅已摆满饭菜。无论是在城市还是在乡村，农家饭给现代人的感觉总是淳朴的，漳河源头的魅力也在于此。醇香辣口的苞谷酒，油香不腻的熏腊肉，清香淡黄的土鸡蛋，风味地道的火锅鸡，芳香地道的干梅豆，油润润的木耳，香喷喷的石鱼，酸溜溜的白菜，苦滋滋的苦瓜，脆生生的黄瓜……爽口悦目，满齿生香。能品尝到这样的美味何其幸运。

漳河的主题是水，恰恰有一河之水向西流去，午后的主题便是西去寻水。漳河村庄的源头胜似桃花源，三爷介绍，陈姓人因避战乱来楚，沿湖北咸宁进入南漳薛坪，寻至漳河，集宅憩息。

绿荫遮掩了一切荒芜，天地一片洁净。漳河又清又缓，水色明净，高空气爽，依河西行，两岸绿树丛生，终究找不到出路了，满目青翠，竟踏不出一条像样的羊肠小道。走到兴时，情之所归之处，蓦然发现一片空地，巨石泊岸，水流悦耳，山风清纯，此时天空晴朗，悠悠流云，从容悠然，欣喜兴奋后，吮得一口清凉，那个爽啊！

古宅成片，依岸排开，饱经沧桑的水车，古老传统的造纸作坊，风格迥异的飞檐，泉瀑飞泻的岩崖，皆可动人。

我是在蛮河边长大的，对于水是有感情的，到达这里，始知漳河之水真有它的灵性。林中的飞鸟，重峦复涧之中一声声鸣叫起来，仿佛古人的耕作，袅袅而动。我静坐于河中泊石之上，任静缓的流水，幽幽而来，轻轻而去。我的心若净水，凝望清流，不倦幽趣。

映霞不作朝云态，曛日微舍薄霭情。告别漳河源头，心中却又不舍，索性倒掉手中的矿泉水，带上源头之水。人们常常用世外桃源比喻自己向往的地方，这儿就是我向往的世外桃源。重峦层绿，古乐新欢，水波清冽，农家风情，山雾缕缕，若隐若现，扑朔迷离，犹如仙境一般。

车别漳河，喝一口源头之水，有一种累了，让水洗洗的感觉。

（此文 2020 年 3 月 19 日刊于"中国作家网"）

一山一水一庄

有趣得很,家住南漳,我却在一个早春之日,受人之邀,第一次登上玉溪山。身处玉溪山的原始森林中,在风中的山之巅,我竟然得到异地朋友的宴请,把酒望故乡,谈古且论今。至今想来,蕴藏在心灵深处的那份对乡山的情感,还在不停地萌发、撞击、萦绕、升腾。

楚地名山无数,与荆山相比,玉溪山的形成可谓无心插柳柳成荫了。庄严万分的一座山,恰如一个世纪老人,一个世纪又一个世纪地在这里审视着这座县城。渐渐地,玉溪山便成了观城山。深邃如圣者的目光,一览无余;峻厉似苍翠的树木,钟灵毓秀。最让我享受的是登山远望,看天地广阔,吞吐万象,大气磅礴。

生于闹市,整日里市声喧哗,噪声扰耳,使人头昏脑涨;走上大街,人流往来穿梭,车辆浩荡混杂,让人目不暇接;逛逛街市,高音喇叭此起彼伏,小商小贩举货竞价,令人精神紧张。登玉溪山,远离市声繁华,浓烟四散;烦忧苦闷,回归消散。结缘自然,听山中的鸟鸣,看山溪的回旋,风穿峡谷的啸吟,云过林间的漫步,尽情享受着融融春意、盈盈绿情。山上松林掩映,四季滴翠,香花芳草,馨香泳漾,灵山雀语,涵洞幽静,晨光暮色,修身养性。好一个充满诗情画意的人间福地。

总以为有怎样的山,就会有怎样的水。

蛮河奔流,一泻八百里,宛如上古先民给家乡缝缀的一条修长的拉链。古老的蛮河是疼痛的呻吟,喜悦的欢笑,忧伤的悲泣,绝望的呐喊。

和煦的风,温暖的阳光,慢慢抚慰着柔柔的蛮河水。春雨如期来临,挥动淋漓之笔,使两岸的青草同时转绿,刹那间亮艳鲜活起来。走着走着,便仿若置身于一片暧昧氛围之中,蜻蜓伴舞,鸟雀和鸣,白云悠悠,流水潺潺,逛河岸与其说是看情侣,不如说是看女人。荆漳女子的豪放与热情、温柔与细腻,尽情展现,韵味十足,绿水之滨的蛮河女子真有看头。

我就是在这样的水乡里长大的,河道的热情,令我记忆犹新。少年时代,教我游泳;求学时期,伴我读书;工作以后,昼夜相随。我是蛮河水养大的,深知河水有冬之含蓄,春之浪漫,夏之绚烂,秋之静美。漳水远近闻名,天然纯净,其味微甜,渴饮一口,唇齿暗香。

南漳最吸引人的地方,却是水镜庄。

水镜庄前靠蛮河水,后依玉溪山,绿荫如盖,繁花似锦,枝叶茂密,生生不息。庄内亭阁林立,飞檐凌空,气宇轩昂,金窗绣户,雕梁画栋,雕像秀雅,风采飘逸。

水镜庄里踏青,越踏越深入历史。1700多年前,它还是荆襄这一片的"绿洲",让东汉著名古文经学家司马徽,自甘清贫,傲视权贵,毅然弃去名利权位,隐居于此,躬耕田园,精心育人，植桑种麻。

先生才高八斗，名满天下，胸怀博大，德厚流光。一代枭雄，襄阳脱难，马跃檀溪，循歌而来。最终发生了轰轰烈烈的智谋三国，其间英雄辈出，以致最后，你不得不发出那"三分炎鼎皇孙正，千古热肠处士偏"的慨叹。若非先生举大贤，谁识茅庐一卧龙！

自此，八百里金南漳，似乎专为"水镜"而设置。多年来，我一直坚信是先有了水镜先生，而后才有了家乡的水镜路、水镜湖、水镜茗芽、水镜香菇、水镜山野菜等雅号。水镜先生着实令今日南漳人饱尝了一次民族精神文化的飨宴。

我贪婪地追寻着先生当年曾孕育出卧龙的那册《仙鉴》，我看见了，庄门环上，没有灰尘。

（此文2020年6月11日刊于"中国作家网"）

遇见老屋

立夏过后,山青水绿。清晨,正迎着故乡的艳阳,走在黄垭乡间的山道上。阵阵微风吹过,绿油油的洋芋苗,在阳光下微微发亮,空气里弥漫着醉人的青草气息。我随"南漳县作协文学进乡村采风"活动,走进黄垭。

风柔柔地吹,吹出满车的童话。此刻,在黄垭,随便走进一条山道,满山的翠绿青松,都很容易让人陷入儿时的回忆。小时候,随父母一起在这里找松毛、捡松果的日子,个中的辛酸和乐趣,至今仍记忆犹新。树上的松针,新鲜青翠,簇簇串串,素雅清秀。偶有微风,松叶轻摇,把这个灿烂的夏天渲染得近乎深沉。站在树下,一树松叶的气息,扑面而来,慢慢侵入记忆里,很快就与尘封的往事融为一体了。

我的同学,黄垭村书记王玲,已早早在村委会门前等候我们。作家们的到来,让她格外地精神焕发。"近年来,我们村依托丰富的自然资源,大力发展乡村旅游,乡村面貌大为改观。今天主要带大家到梳妆台、乌龟石、雷家老屋等地方采风……"绘声绘色的介绍,让大家有了上山的冲动。开车一路狂奔到山脚,就只能改由步行进山了。

五月的四望山，繁花开遍，山路蜿蜒，青藤缠绕，枇杷金黄。随手摘下一串，四散开来，剥开果皮，一股酸甜的滋味瞬间放松了大家的心情，有说有笑，一路畅快无比。步行至梳妆台，看到阳光斜洒于山石上，久违的景致向阳而生。当路过梳妆台时，那刀削斧劈的山石正昂头与一只鸟儿对语，让人一下子就竖起了耳朵。此刻，我站在梳妆台下，感受一个人仰望四周，所有的语言与声音一闪而过，我想到了一个词：生机。大地如此辽阔，我和故乡，保持着这么亲密的关系。

继续朝上走，就是乌龟石，这是我没有想到的。正午的阳光停留在我的眼前，我渴望的景象和光明，正在乌龟石四周回荡。寻梦的人、朝圣的人、观光的人，正在躬身行礼，寻根求源。我仰望着神奇的乌龟石，接受着神谕的暗示。

下山的路上，看见一望无垠的麦田，在四望山下黄得发亮，让我回想起记忆中小麦的清香。这味道又容易让人回想起小时候和大人一起割麦的场景，总是不甘落后的样子，又总是落后的样子。这时，一种叫不出名的鸟儿盘旋在田野上，一会儿远走，一会儿靠近，一会儿鸣叫，似乎在陪我怀念过往。

正午的阳光正在闪烁，我惊诧于神在四望山俯视，那里深藏着我从未听说过的雷家老屋。路过一个枇杷林，又遇见一个菜园，经过一廊葡萄架，就望见了一片竹林。置身于雷家老屋中，到处弥漫着老屋的气息，到处散发着老屋的生机。一株石榴树在屋前开花，它们是春天的生机，走进夏天的知音，走向秋天的使者，到了冬天，又开始准备迎接新的生活。

雷家老屋，据其主人介绍，是其爷爷辈，于清朝年间，从一雷姓地主家购得的,有三百来年了。近年来,只对屋外墙体进行了简单的修葺,其他均为当年原貌。第一次来雷家老屋,我把老屋视为一部浩大无垠的史诗。几百年间,木门、木窗、木柱、木廊,如巨石般兀自矗立,体现了老屋走过的峥嵘岁月;青砖、青瓦、青盆、青灯,带有时代恩宠的雷家老屋,随时能吟诵出一首首充盈清气的诗。石台、石阶、石缸、石刻,自由自在地生长生机,饱含着时代印记。进入老屋,前庭后院,方正布局,天井豁达,阶梯分明。即使看不到时代的文字在老屋里跳跃,我也能找到干净透明的语言:问苍茫大地,谁主沉浮?

老屋旁边是一栋两层的小别墅,说是新楼,却更像主人的一个老物件陈列室。听主人讲,祖孙三代人一直居住在这里。村里的旅游业发展起来后,自己就开了这家农家乐,平时一旦知道哪个乡邻有个老物件,便想尽办法及时回收,放在陈列室,有客人看中,再卖给客人,留个回头客,几年下来,赚了点钱,就在老屋旁盖了这栋楼。一楼一间是厨房,其他房间专储老物件,二楼主要用于居住。其艰辛是可以想象的,生活的光却照亮了多少老的物件呀!像章应有尽有,物件越老越有,古画古董都有,旧碗旧盆更有,老物件丰富着老屋。我不再后悔遇见,像一个返乡的诗人,掬起家乡的一捧清澈之水。老屋的一切正在生长,弥漫着生生不息的灵光。老屋与别墅,面对着是饱满的,此刻我是敞亮的,慢慢消除了儿时的惆怅,抽出自身的阴影,进入灵魂深处的宁静,老屋在漫游,此刻我是游灵。

时近中午,老屋的桌上已摆满菜肴,土鸡炖土豆、醉菜鱼、炒竹笋、炒鸡杂、炒盘蟮、蒸排骨、拍黄瓜、鲜腊肉、嫩青菜……老屋里飘来旷古的味道,饭菜中饱含着乡愁,吹向四望山,吹向儿时,吹向老家,吹向远方。此刻我需要抒怀,像一个行吟的诗人,推开老屋的前世今生,推开遍野的绿水青山,探寻所有的遇见。茶余饭后的老屋,安静祥和,温情脉脉。如此悠远的老屋,我不知道,它把最浓最郁的生活藏在了哪里?

只想在老屋中,等待天荒地老。

(此文2020年9月18日刊于"中国作家网")

致樱花

我居住的榆岭花乡就是樱花之乡。

我第一次经过榆树岭村的时候,仿佛穿越樱花呈现的浮华中。我看见眼前的樱花过于纤弱,整个村庄熟睡着,闭上眼睛,感到淡雅之气一点点沁入心脾,开车匀速向前。

樱花随静而至。今年的樱花开得很静,像静静的春天。春天安静了下来,像拖着一副病体,仿佛连尘埃也都安睡了。春天抬起头,脸上写满了如樱花一样的愿望。山坡上,阳光静静游弋,每一朵樱花温和地向大地吐露出一个又一个绝美的故事。

从二月开始,春天在光秃的树枝上进行最初的抚慰。阳光扔在地上,樱花树摔在山水中,枝干倾斜着,怀着一种下坠的茫然。我思念窗户玻璃外脆弱的田野,从此开始了对樱花的期望。

"如果我老了,满头白发/我就走进洁白的樱花中/和它们一起垂着头/回想这一生的幸福时光。"我在一首小诗里留住了樱花,花香四溢。这诗上的轻薄,那么多的回忆联结着凝固的世界,我忘记又梦见了漫天的樱花。乌云里露出的缝隙,让我在一瞬间失去了花的清香。唉,这幸福的恐惧。然而,我依然牵挂着月光下的樱花树，我知道无论如何，春天一定会开出樱花，这尚需满足的欲望，从未停止过。

双报到（指单位党组织到所辖社区报到，开展共驻共建、志愿服务）填补了我们的生活，也加强了我的念头，我还会从小鸟的嘴巴里寻找杳无音信的樱花。我想起一大片麻雀落在榆树岭的树上，和村里来来往往的防疫志愿者一样。这让我不得不怀着崇敬的心情，敬畏那些生长于荒野的樱花。狂风骤起，在山上的一角，静悄悄的，没有半点声息。一朵花苞从子夜惊醒，从一场雨里，看到另一朵花历尽沧桑的一生。

樱花随风而至。一夜之间，这小小的突然长大了的樱花，已经坐在沾满露水的油菜花上了。一株从荷塘深处走出来的樱花，打发了冬季中最枯萎的残梦。现在，它站在草丛中，挥挥手，水变绿了。最初我没有注意到它的存在，只是内心突然觉得有点不适应。在这个寂静的春天里，它有一种至高无上的德性，只有拥有这种精神，才能真正拥有了生存的意义。

阳光下的一切，直接、实在，有几分诗意，让我想起山、水和田野间的风，只会有小草歌唱，只会有云卷云舒，樱花掠过额头，也干净如少女的梦想，难以启齿的部分，要寄托于樱花了。春天的街道，安静、行人稀少。双报到值班，一大早我就走在榆树岭的山水间。

樱花随春而至。抬起头的时候，它正在山上飞，比山上的油菜花还高些，比云还白，比云还高的樱花，在天上飞，没有停下来的意思。狂风又起，大雨将临，它仍在扇动纤弱的花影。如果抬头望向漫天的乌云，那白影会在一瞬间洗亮你的眼睛。穿过水镜路，就到了我的值守点。眼前的汇珍老商场小区，很静。小区的窗户开着等着春风,也像樱花开着等着春风。

春风一路吹动。它鼓着劲儿地吹,从水镜路吹到学府路的银杏树,吹落了银杏叶,再吹得榆树岭开满樱花,吹得整个南漳县城里里外外,处处樱花飞舞。

樱花是真多啊,多得总让人踏实,多得总让人放心,多得甚至让人生出了一种安全感来。

(此文2020年3月13日刊于"中国作家网")

樱桃季

谷雨至，樱桃红。

四月的微雨给榆树岭换了一层花色。油菜花、白菜花还有桃花，都开过了。如今，樱桃红遍布榆岭花乡，点缀着小小的村庄。数着数着，樱桃就多了，樱桃框进一带烟火。榆岭山谷的怀里，成片成片的樱桃林在阳光下闪耀出朵朵绿色的魂灵。众星拱月般扑面而来的樱桃，伴随着谷雨时节流淌出的惟妙惟肖的水声、鸟鸣声、吆喝声、叫卖声……

有那么几天，在樱花漫舞的日子里，很渴望听到一种声音。而此时，樱桃树正被一种花开花谢后的果实簇拥着，像迎接新娘时一次次想要抒情的欲望。一树花被风吹走，花落樱树绿，结一树小青果，树绿樱桃青。那些细小青涩的果子，青嫩嫩的，懵懂而羞涩，却有一份初生牛犊的勇敢，又有经历一番风吹雨打的不服输。这样的状态，每每经过看见，总让人感觉心里踏实。

和谷雨一起从枝条的身体里冒出来的樱桃，穿越了静静的春天，颗颗晶莹剔透，一簇簇落入了湛蓝的乡村。一米多高的樱桃树，在绿叶之间，看万盏星宿骤亮。偶尔有果农的一声轻轻咳嗽，

"樱桃红了!"樱桃就这样在一声声呼喊中的采摘。一瞬间,我感到被这姹紫嫣红的幻象一层一层包围,闪现出一点点嫩绿、鹅黄、淡红、深红,鲜亮而圆润,带着一抹光,欢快地抖动着微风。谁敢说,这不是樱桃的黄金岁月。

山坡与山坡之间,那闪亮的红色精灵,撑开绿色山林。果农像绿海中的帆,推开春色,身影流动。一声声低空缭绕的回响,来来回回地回荡在滚烫的山间、田野、密林之中。像我儿时的捉迷藏,像捉迷藏的岁月快速掠过。一群采摘者,没有闪光,只有从容而低头地行走,只有行走的岔路。在阳光和群山之中,我要找回儿时的伙伴,邀请一只蜜蜂飞过来,成为我当初最忠实的玩伴,与时光嬉戏,打闹成一片。

龙门口,樱桃谷。

出县城往北,在龙门的入口处,就是樱桃谷的大门。在榆岭花乡,最前面的樱桃在荷塘之间。将目光对准那条傲慢的郑万高铁,一带绿谷分娩出整个春天迷人的身体。峡谷幽深,但深不过一片樱桃树的情谊。"羞以含蕖,先荐寝庙。"曾经偏处一隅的榆树岭,如今,竟成为南漳万亩樱桃的中心地带,一条日益繁忙的麻竹高速在其间横穿而过。

宽阔平整的樱花大道拉近了山里与外界的距离。一到樱桃季,无论是花季,还是桃季,车流不断、人流匆忙。不管忙闲,不管来去,都在证明着美丽乡村的爱,都会把春天的美好时光投在这小小的樱桃之上。榆树岭一带的樱桃谷,连同一条腾空而起的高速,一条疾驰而过的高铁,威风凛凛地守在山口,向过往的人们展示着它的生机与活力。

赏樱桃不如摘樱桃。我家周围遍地都是樱桃树。早出晚归,映入眼帘的便是随山环绕、连天接地的果树，果木葱茏、花香四溢。在榆树岭，见面的都是老乡，虽叫不出名字，但都爱打招呼，一声"你好！"便使笑脸荡漾开来。出榆岭花乡小区，便是樱花大道。村里人大都在道路两边建起了漂亮的楼房。家家户户有山有田有桃园，大部分种植户都通过樱桃实现了脱贫致富，过上了幸福生活。随便路过一家，问一句"你家樱桃在哪儿？"，便会走出一个步履蹒跚的老人，或者一个活蹦乱跳的孩子，顺手一指："最红的那片，10块钱1人，随便摘。"你便能看见，曾经遥不可及的远山，就在眼前，连同被打理得规整有序的樱桃树，构成了一座座独特的樱桃山。我在一个周日的上午，在阳光初出之时，小心翼翼地进入了一片樱桃林。一簇簇亮晶晶的樱桃，或迎着朝阳，或垂头避荫，或攀于他树，或藏于沟边，那陷于天地的艳丽霎时间把我融化了。摘樱桃不能心急，要一粒一粒地摘、一串一串地摘，还要把蒂带上，否则，摘下的樱桃很快便会失去光泽。一个小时后，便觉腰酸背痛，力不从心了，但收获却是满满的。晶莹、透亮的樱桃像一颗颗红珍珠，色泽光鲜，粉嫩饱满，令人感到心情舒畅。转眼间忘却劳累，远方收回樱桃，我也迅即收回远方。

摘樱桃不如吃樱桃。抓一把樱桃，两指捏蒂，送入口中，轻叩牙齿，轻舌一顶，肉核分离，吐籽另手，再送一粒，再吐一籽，桃肉慢咽，沁入脾脏。它们的去向，更多的时候是到了充满乡愁的地方。一边吃，一边回想儿时的大山，一个孩子与仅有的几把樱桃的过往。小时候，樱桃稀少，父母偶尔从城里购回一两斤，便将其视若珍宝。而那时，吃樱桃很挠欠（很急），一把一把地往嘴里送，来不及吐籽，吃过不少樱桃籽。大人们常开玩笑，来年从肚脐眼里要长出樱桃树来，吓得我们赶忙跑到茅房里。当然，这所有的源头,都要怪罪于樱桃太诱惑人了。

樱桃熟,百果青。

人间四月,樱桃红遍。"如珠未穿孔,似火不烧人。"有了白居易的赞美,樱桃更是挠人心。樱桃的旺季不过两周,四月末,樱桃也熟透了,百果开始悄悄生出青色。枇杷、无花果,就连麦子,都开始慢慢生出青粒。被初夏的阳光所渲染,青绿渐渐凸显,青涩的果子给人一种愉悦的感觉,越是这种青色,越是让人感觉到迫不及待。轻轻地喊一声,樱桃谷的路口就亮了。在路边,一排排竹篮摆成一个水果大市场,各家各户放置一把大雨伞,伞下的果农或吃着早点,或叼支烟,或谈价,或叫卖。一篮里堆满樱桃,一篮里堆满桑葚,新鲜可人,娇嫩欲滴。在任意一个伞前逗留,便能听到一声吆喝:"樱桃,刚摘的——"这声音像一篮篮樱桃,实在、饱满。

我热爱的不是樱桃的光鲜,而是光鲜背后的滋味。有时,劳动比生活更接近幸福,那些真正热爱生活的人,借一方樱桃重拾自己的初心。城里采摘生活,乡里开始生活,他们手里的樱桃,恰恰都源自这甜甜的味道。

家乡的樱桃季,让我依恋,让我自豪。我知道,在现在或将来,这些都会成为我爱之深切的招引处。

(此文 2020 年 9 月 10 日刊于"中国作家网")

春秋寨的色彩

春秋寨只是一座山寨，但因为古，便有了色彩。

春秋寨的清晨是多彩的。踏入春秋寨，红的花、绿的树、蓝的天、青的山，游客如织、美景如画。看山多了，看水久了，住城长了，住村厌了，忽然发现有这么一个山寨。览春夏秋冬，集山水精神，汇城乡灵气，非春秋寨莫属。

山寨迎来了新的一天。

景区介绍是彩色的文字，春秋寨因寨上建有一春秋楼而得名。相传关公曾在此夜读《春秋》，后人因此修建了关帝庙。春秋寨集奇、秀、险于一峡一山，坐落在太极峡内的鲫鱼山上，被誉为"中国最美的古山寨"。它的美就在这薄薄的介绍里，就在这彩色的文字里。

寨门是古木色的，它在秋天的早晨是金色的，闪闪发光。眨眼之间，金色寨门在视线中淡去，我们和小车一头扎进了绿色的草坪中。站在空旷的绿洋里，抬眼望向春秋寨，依龙形山势迂回而建，大小石屋150余间，错落有致、自南向北、条形布局，宛如关公的青龙偃月刀。适逢秋季，层林尽染，红叶漫山，野果累累，美不胜收。

　　石阶是翡翠色的，条纹分明，纹理清晰，仿佛每一块石阶都有一段春秋。时光如水，自山坡流泻，蔓延至秋林红叶，四周如仙境般安谧，散发着悠久而朦胧的清香。

　　观景平台是天然的，好鸟鸣随意，幽花落自然，来时路非回时景，眼前景非眼前色。似乎是在转身之间，大地铺满黄色，连绵不绝，无边无际。山寨中铺天盖地的灿烂、明亮与金黄，令我眩晕。

　　上到山头，眼前出现一段残崖，陡峭凌厉；脚下一片碧绿，清新秀丽。一条名叫茅坪河的流水，逶迤数十公里，两岸峡谷高峰，奇石怪立。这时候，洁白的薄雾，正在明镜般的水面升腾。

　　望月山是绿色的。这种绿只有身处寨腰才能体会得到。就连望月山的绝壁也是绿色的，三处洞寨，三处绿眼，紧紧扼住两山之间的古道。水路边的仙人洞、飞石洞、铁甲洞、十姑洞，洞洞含绿、洞洞雄踞、蔚为壮观。

　　从这里开始，才算真正进入了春秋寨，才算真的走进了历史。小时候，我特别喜欢《三国演义》，到了"将军室"，就更喜欢关公了，尤其钟情于关公手里的那部《春秋》。这并不是因为这个似是而非的古铜色《春秋》给我带来了启迪，而是因为这种古铜色给家乡带来的历史和底蕴。

　　在古寨的制高点上，一片青色。山是青的，石是青的，草是青的，就连护栏也是青的。相传邓氏兄弟所建的春秋楼高达五层，以纪念关公在此秉烛夜读《春秋》。我像走在山寨的脊背上，古堡的石砌，如同山寨的肋骨，遗址的躯干伴着秋色，显得更加峥嵘，更加坚韧。裸露的石块，凸显着坚毅和勇猛。不知道进行了多少次激烈的血与火的抗争，不知道遭受了多少次残酷的肆虐和焚毁，一石一块向世人诉说着岁月的沧桑。

春秋寨啊，总是这样泰然伫立，铁骨铮铮！

春秋寨中的索道是红色的。被誉为"襄阳第一索"的春秋寨索道，凌驾于望月山上。极目远眺，千米长的索道来回奔波，99个吊篮穿梭如织，形成一道亮丽的风景线。

乘索道到达望月山顶，尽览山川美景、田园风光。真正的山水精神就体现在八卦山水之中。鲤鱼山势如刀削斧劈，三面环水，两面绝壁。南北方向坐落的笔架山和望月山遥遥相对，与茅坪河构成绝妙的"两山夹一水"的八卦图案。这真是一道绝妙的胜景！如云如乳，如梦如幻，如动如静……

古以五色配五行五方，地色黄，居主，故以黄为主色；天色白，居底，故以白色为底色；山色青，居正，故以青为正色；水色绿，居辅，故以绿色为辅色；人色黄，居气，故以黄色为气色。以土为尊，敬土；以天为境，享天；以山为贵，乐山；以水为源，惜水；以人为本，养人。

殊不知，黄色就是春秋寨的颜色，是我们的颜色。或橙黄，或淡黄，或红黄，或暗黄，或明黄等，莫不与我们的生活息息相关，血肉相连。如是，则更如汉代董仲舒所言："美不能黄，则四方不能往。"这是季节深处的黄，生命深处的黄，流向春夏秋冬的黄。

茅坪河舞，鲤鱼闪动，春秋寨之秋，一片金黄之风景。

（此文获2015年中国散文年会二等奖，2020年9月2日刊于"中国作家网"）

第二辑

千年暗语

洞　河

柳树林下故事多，一条洞河村里过……

在绵绵春雨中，一片片成长于洞河两岸的柳树，从一座座湿润的山脚下苏醒。洞河缭绕，春日盘旋，这是洞河与茅坪亲密接触的声音。遇到三月的洞河，一朵朵、一簇簇叫不出名的花，在枝头、在山崖，粉嫩嫩地映入眼帘，让人心生怜惜。在洞河，无论是晴日，还是落雨，都好。

洞河眼眸深藏。最先映入水面的是两岸的麦田，接着是山梁上的茅竹，它们都没能逃过，深陷在深山里的洞河的眼睛。而田野上那些小心翼翼的樱花，还没来得及争艳，就在春风里，一一献身于洞河。八公里洞河一路向南，在茅坪造就了一个"虽群峰竞举，而荆山独秀"的"小桃源"之境。洞河发源于南漳县李庙镇胡家坪村，流经4个村，流经茅坪村老龙洞、将军石一带，我想大概由此而得洞河之名吧。一不小心就遇到了楚国早期的都城文化遗址，沾着楚文化的光，一路风光地带着中南六省第一银杏树，涉山就险而来。像风一样被吹来，又被风吹散的那些流水哟！当我于天高云淡之时，想象它来源的方向，对着大山喊一声，此时洞河沉默不语，尾尾小鱼纷纷游出洞河。

据专家考证，"古漳水（今清凉河）的上源之一就在今南漳县西北八九十里老龙洞附近的山峰，今名将军石，海拔1046米"。悠悠千百年过去，洞河河谷与茅坪人结下了不解之缘，才诞生了今天的洞河水。这是一个夏天的故事，在暴雨瓢泼的清晨，河水暴涨，河流自山谷一泻而下，河水冲垮岸堤，冲进村庄，冲向田野。刹那，人们躲在山上，任呆滞的目光掠过双手掬起的水流，河水疯狂地呼吸撩拂着山村的每一处。很快，孤寂的洞河就消失，县里安排了河库长，拨专款重修水利。洞河流水的激情，像茅坪人在脱贫思想中生长出的羽毛。全村人怀揣"引水脱贫"的梦想，在洞河上下修堤筑路，架桥蓄水，引渠通灌，取水成湖，终于成景。只有风在雨的流淌中歌唱，洞河，一如山谷的倾泻，徜徉在荆山绽开的怀抱中，似花蕾一般羞涩，如同一颗流动的水滴。

洞河久远、深沉，千百年来也寂寂无名。从远古到未来，从童年到现在，我还没有弄清是否可以用楚文化之丹阳来比喻她。或许，我只能联想到桃李不言，下自成蹊。日日夜夜，一场淋在春天与却此地关联的雨……

洞河清澈。洞河的水是流动的苦，风干的面容，是千载老泪，是被日子一遍遍踏过之后，生长在春与秋的一次次磨砺。洞河的水是静止的风，是凝结的雨，是被漫漫时光用手一点点擦拭的无数个洁净的春的露滴。它是一面纯洁的镜子，扶贫的镜子，比天空更明澈。生在河岸两边的艾蒿，在油菜花的衬托下，格外青翠。绿色悄悄地，顺着弯弯的河道，蹑手蹑脚地将一片一片青苗铺向山坡。一株桃树倚石而出，其上的花枝凌乱开着，隐隐约约看得见，洒在河里的阳光也看得见。其他的就隐逸在河水之中，留在洞河静静的深邃里。

水润茅坪。借一场风雪，沿着春风的走向，我又回到了2016年。小村恍惚、单薄，角落下的村委会，被丢弃在深山脚下。我和洞河来不及见面，"做优艾蒿，做强香菇"像两根针，开始刺激洞河的水。一条流动的河肯定有生命。想象中的暴雨感应着时间而降临。隔河建棚，在黑压压的香菇大棚里面，她黝黑的大部分时光用于沐浴河水，让许许多多的岁月滴答滴答地流逝。如果撩起黑帘，或是走进菌棚中，你会窥见洞河河谷里的另一个活生生的世界。一朵朵香菇带着晶莹湿润的水珠，簇拥着，是淡雅中结出的一个个欲望。我祈求你的目光，顺着村前的洞河冲刷而来。小鸟的模样，散落一地隐隐波动的香菇，让一场浩荡的春风在山谷中吹鸣吧！

一缕春风将在辽阔的山村上空吹散开来，一如触摸到开始变得温润的洞河，直到你的呼吸渐渐适应了这一切。

洞河醒着。洞河的水是闪动的光泽，是光泽中众多开始走近阳光的茅坪人家，在水的流动中把心揉碎。心的碎片，织缀起万道阳春，有爱、有恨，是千百回辗转的怀春梦，于某个清晨沉默喑哑的一声感叹。唯有贫之欲火，年年舔着山的脊梁。脊梁后面的青色，青色后面的水滴，饮者无意问津而扶者不忍直视。在洞河转动的山窝里，在田园的背面、香菇的背面，是一段又一段被流露出的甘甜故事。

趁着昨夜的露珠还在，梦还在，一个人悄无声息地走在河边，一会儿似乎在花里，一会儿似乎在水里。而那漫山遍野的油菜花，就藏在洞河的水里。大片大片的金黄，像一条丝巾围在河的两边，温暖、实在，像时光养育的梦，像梦里安睡着的一个婴儿，蠢蠢欲动，又微微露出挣脱夜梦的惊醒。

疫情过后，驻村帮扶干部随春而出。家家户户大门虚掩，春天在静静的洞河上进行着温柔的抚慰。唯有风轻轻地走过，洞河的气息才会进入我的鼻息，进入我的心脾，透透彻彻地馨香到我的五脏六腑。走访农户是我觉得最高兴的日子。村里的人，就像洞河一样，自然、自在。在宋怀成家里，我们聊着生活，聊着工作，聊着产业。这几年，他除了耕地种地，种花生、种苞谷、种魔芋外，每年还养两头猪，一有机会就到镇里和村里打工。他用打工挣来的钱，加上安居工程项目的补贴，不仅脱了贫，还住上了新房，生活变得忙碌而简单。他告诉我，今年想在旧房子里再养100只鸡。我是肯定支持的他。

去年的茶叶，刚烧好的开水，有了绿意，但又是那么温柔的串串水滴，胸中忽明忽暗的点滴因茶水而变得炽热，洞河就会变成你我乐于打开水流时可羞怯的哗哗之声。

茅坪安静地睡去，唯有洞河的水醒着。

（此文首刊于2020年第7期《散文选刊》下半月原创版"静观山水"栏，又刊于2020年6月24日"中国作家网"）

酒　气

酒入豪肠，七分酿成了月光
余下的三分啸成剑气
绣口一吐就半个盛唐

余光中在《寻李白》中，不仅靠酒与潇洒的李白举杯把盏，还借着醉意找到了自己的一首罕见的绝唱。我却在其中发现了一股酒气。

中国文人辈出，他们既游历了祖国的大好河山，又尝尽了华夏的美酒佳酿。于是，五千年的文明史，也就自然酿成了一道酒气。

中国是诗的胜地，也是酒的胜地。

说李白，必说诗，必说酒。李白喝酒靠"斗"气，一斗诗百篇，"五花马，千金裘，呼儿将出换美酒，与尔同销万古愁"；杜甫喝酒靠"正"气，圣人自忧国，"莫思身外无穷事，且尽生前有限杯"；韩愈喝酒靠"勇"气，立世而治国，"闻道郭西千树雪，欲将君去醉如何"；白居易喝酒靠"豪"气，诗豪透仙骨，"半销宿酒头仍重，新脱冬衣体乍轻"……

吟也吟过了，醉也醉过了。万古千愁如过眼云烟，一点儿也没有给我们留下，留下的就只有这杯中的酒气。

哪里有酒气，哪里就有英雄气。

我断定吴承恩没有喝过什么好酒，却酿造了"仙酒"，孙悟空喝"仙酒"后大闹天宫；罗贯中凭"一壶浊酒"和英雄喜相逢，描写一代枭雄曹孟德煮酒论英雄；施耐庵的英雄在何处，酒就在何处；曹雪芹有酒的时候，便是梦开始的时候。论英雄气莫过于西楚霸王项羽，战败酒醉时仍念念不忘"虞兮虞兮奈若何！"一股酒气至今犹存。"酒酣，上皇自弹琵琶，上起舞，公卿迭起为寿，逮夜而罢"，李渊、李世民父子为李唐天空舞进熏天酒气。

酒气在哪里，酒文化就在哪里。

"风来隔壁三家醉，雨后开瓶十里香"。中国盛产名酒，1915年，在巴拿马万国博览会中，评委们因为一瓶打碎的茅台闻出一大名酒。从此，茅台酒气名扬天下。至此，国酒茅台正式走向国际。

酒能助兴，亦能明智。素有"湖北茅台"之称的家乡酒珍珠液，也以其独特的酿造工艺和精美的包装艺术，享誉海内外，我是深受其醉和其气的。曾因一醉一气写下了我的心仪之作《寒夜》；又因一醉一气定下了诗集《一直在等》。如果诗中的李白肯向我举杯，我一定把酒中的我喝得烂醉。

如今，到南漳有三件幸事：登古山寨，访水镜庄，喝珍珠液。我有幸接待了一位客人，并自豪地作为一个南漳人向他推荐了家乡三宝。酒过三巡，海阔天空之时，无意间收获了一句官场名言："当官一阵子，做人一辈子。"聚日月之精华，蕴珍珠之酒气，此言不谬。

酒是男人的，更是生活的。有酒气，有兄弟。

我向往民工的小酒气。民工们喝酒，人不论多少，菜不论好坏，酒不论品牌。十几人一桌，三五人一席。一锅即可，下菜就行，便可开怀畅饮。划拳行令，神态悠然。几杯白酒下肚，面色红润，酒性大发："再来几瓶啤酒，解解酒。"举杯一仰，杯杯见底。其"大碗喝酒，大块吃肉"的豪气，个中滋味，是否醇厚了几许酒气？

我也向往老人的早酒气。在南漳，喝酒不算什么风气，但是，喝早酒却是一道风气，而早上喝白酒的老人更是真正地有福气。在小有名气的城西回民牛肉面馆内，我经常遇见几位老者：一碗牛肉面，一杯苞谷酒，一根烟缭绕，一杯酒事了。在推杯换盏中，均"开君一杯酒，细酌对春风"。连清晨的阳光，也在找寻他们脸上的酒气。

我更向往家人的无酒气。家宴是无酒的，我向往之。还好，最后的一点酒气留给了家人，让我在无酒的酒气里，静静地享受着，期盼着。成天在单位里奔波，在工作中忙碌，勉强挤出的一个周末，也给了妻女。父母，已忘记了。在上班的时候，我就多次在聚会上，接到了父亲或者母亲的电话。他们反反复复地重复着一句话，三个字："少喝酒！"最后还告诉我一件事："周末回家吃饭。"现在，只要到了周末，我们就回家，听父母唠菜园种植，唠邻居琐事，唠天下事，也唠烦心事，当然，更多的是唠开心事。然后就是一家人吃饭，家宴上，有我最爱吃的胡营炖泥鳅，有妻女最爱吃的干炒鸡，却没有酒。

酒香不到处，酒气恰自来。

桃源四月

陶渊明的最大贡献，就在于他坚守了《桃花源记》。噢不，应该说是死守。娇小玲珑的导游小姐，开篇就介绍常德。湖南常德的桃花源，才是真正的陶渊明的桃花源，这个讲解开头实在太漂亮了。

沿山而行，踏歌结缘。不知不觉便置身于桃林之中。桃林的四月，阳光明媚，花开过了，桃林一片嫩绿。绿油油的气势，赫然在目：或倚伏，或昂首，或低语，或沉思……看来桃树是有灵性的，无花的桃花源，风物长宜放眼量，浓荫尽绿。我和陶渊明先生未曾谋面，读他的散文，便觉得他是一位风情万种的诗人。他有着情人的冲动，写着清丽干净的诗句。我读《桃花源记》时文未到此地，无论距离是远是近，那深深的缠绵总是绕在身前身后。过桃源，进竹林。你不得不佩服江西的这个"百世田园之主，千古隐逸之宗"。你想象不到，他是如何发现这一片竹林的，这片方中有圆、圆中是方的翠竹。山在高处，沿石阶而上，东晋古树依山逶迤而生，身前筒楼，欢声过谷，笑语绕梁。桃花源我是第一次到访，真是个令人感到兴趣盎然，有着浓厚的怀念感的

第二辑 千年暗语 043

圣地。湘楚大地总是让人想起雄浑、厚重的情韵。我们可以想象，假如陶渊明的名士风范和对生活简朴的热情一如潮流，那么在偌大的一个湖南竟会在那个桃源没有一个田园诗人。所以，常德在湘楚大地上能够死守着这块桃源圣地，几乎是创造了一个奇迹。

依水前行，水映你我。幸好还留存了一些记忆，留存了一些心境。幸好有那么多的中国人还记得，有那么一年的一天，有那么一位诗人，"缘溪行，忘路之远近，忽逢桃花林"。历史从这儿开始，桃林在这儿隐居，诗人在这儿小记。不久后，水中央，只剩下一条条竹筏，载着中外游客，带来声声惊叫。终于，人们看累了，坐亭小憩。景色没变，是眼光变了。晴日当空，水中泛起红晕。这是天空中落下的唯一让人无法设防的景象。我在看天，天在看我，一切美的事物都静止了。我发现了自己心灵中善意、和谐的一面。有时，采风就是坐下来静思。我很高兴，我仅仅是活着、吃着、睡着、欣赏着……心放下来，站在水筏中央，山水都在脚下。蓝天如幕，张挂在森林背后。树木枝繁叶茂，自由伸展，鸟儿在四周歌唱。空气清凉，吮吸一口，顿觉心甜，这才是真正的森林的味道。

古人云："智者乐水，仁者乐山。"能有这山水相依，具有且智且仁的秉性，这桃花源便有了温馨和感情。人不在亲，有情则近。一水缭绕，两岸连山，层林尽染，树叶荫翳蔽日，自是揽胜时分。当襄樊们早已沿山而下，依水而出时，同行的梅大姐不慎丢失了自己的挂包。我认定那不是她的过错，那是桃山的过度热情。我们在她身上倾注了最呕心的传说，好像下定决心让她得到至纯的惩罚。这样的心境，不可能轻易得到，也不可能轻易失去。几经周折过后，我们已是饭饱酒足，梅大姐才姗姗来迟。当我们满怀歉意时，能够代表我们说话的是梅大姐的笑意。不管笑容是什么样子，它都好似在开口说话。可见，梅大姐已经经历了旅途中的更多艰辛才回到了本真。看来，从桃花源中走出的人，无论表现得是累是急，都是真的。这一山的桃林，让人心生感慨：真正的情义，节日不浓，平日不淡；真正的人生，贵时不重，贫时不轻。

桃花源，好个人间四月天！

临别桃花源，回望层绿，前无桃花，后有来人。

（此文 2020 年 4 月 14 日刊于"中国作家网"）

堰河天

一

下汉十高速，上谷城县五山镇，一路向前，就到了烟雨中的堰河村。走进堰河村的时候，雨，就这样来到了我的身边。走向清明的雨，是春风安抚的温柔，一滴一粒，小心翼翼，气息纤弱，轻叩额面。大片大片的炊烟涌入天空，轻飘飘、娇羞羞地弥漫开来，最终安排一场雨，来同全国的美丽乡村邂逅。

阵阵细雨，落在竹叶上，落进小池塘里。落向堰塘的雨，一滴追赶着另一滴，堰河新鲜而又陌生。雨，开始变得有点胆怯，一切还是那么朦胧。你看着我，我看着你，蠢蠢欲动，熙熙攘攘；你挨着我，我挨着你，密密麻麻，漫山遍野。堰河村，仿佛接到了使命一般，小小的接待中心，一下子缀满了薄雾。

堰河村的倩影，从我打开的手机相册中流过，比姐姐的眼睛还要清澈明亮。走进襄阳市审计局能力提升培训班，一个小小的会议室，让它展示了绝对的清澈。那天下午，我坐在窗口边，听到了堰河雨的脚步，缓慢轻盈，细腻动人。你若静下心来，还真能听到李白的心跳，有诗的灵动在窗前跳跃，在枝条的芽尖上闪现，在堰塘的水面游动。我努力使自己静下来，再静下来，恨不得停止心跳，仔细地寻找、探寻。

开始听到了雨的声音，雨便有了精神。细细长长的影子，与新发的柳条有几分相像，带着新鲜的劲头。从冬天走来的雨，有雪的风骨，轻舞莲步，便到了竹林。一个乡村中，顷刻间，2000平方米的接待中心，起了它的底色，变了它的模样。走向春天的雨，有水的冲动，叫醒茶园。我只好扛着1200亩的春梦，去怀念生态家园里的一块青草地。

那天傍晚，我走出遥望居，猝不及防的是，满满的细雨瞬间包围了我，一股清凉，沁人心脾。总觉得不能忘记什么，记忆从此便从春天开始。春训即将在我和春雨之间，制造一种味道。春天是暖的，雨水是凉的，如果我们挨得足够近，我就能感觉到自己的味道。从遥望居到听水居，大概有两三分钟的路程。我走进了一段梦的旅程，头发微湿，手掌微凉，眼前有一汪汪浅浅的水。远山幽幽，森林静静，河水潺潺，灯光淡淡。这种悬而未决的烟雨让人着迷，仿佛一切都进入梦中。

二

阴天里，堰河的天是绿色的。清晨醒来，将村子看得真切。下了一天的雨，空气中饱含水分，给花草、树木、庄稼、田园以希望，给我们这些路过草木间的人的心以希望。

虽然没有阳光，到处却绿得可人。或青竹一簇，翠绿葱茏；

或油菜一地，黄花泛滥；或山水一色，胭脂轻点。尤其是真武岭上的那道堰河村门楼，青苔奕奕。多少人流连忘返，乘飞机、坐地铁、搭小车，前来观望。我想，大概是因为这份空灵和幽静吧。站在十里百日山，停在枝丫间的微风，送来雨后的清静，是空气里盛开的芬芳的气味。

一条堰河悠悠流淌，眼前竟是别墅。成排成列地呈现在村庄中央。斑驳的灰墙、翘角的瓦檐、斑斓的灯笼、自然的氛围。一步步向培训中心走去，一遍遍细数着不同的门楣。明晃晃的上午时分，山水通体透亮，呼唤着一颗颗湿润的心。

上午的培训按时开课，锁闭的力气仿佛全部释放出来，一个念头开始在脑海里酝酿。高质量审计，像自然资源资产，让天空、云朵、山谷、溪水，向所有的事物致敬。扮演主角的村书记闵洪艳，随着主持人的介绍，展现了堰河村的绿水青山。我很难相信，一名基层党组织书记，满脑子竟是"经济生态化，生态经济化"的理念，把"发展就是硬道理""绿水青山就是金山银山"的理念讲得头头是道。我们谁都不信，这是一个靠贩茶叶起家的村级带头人，以"闵黑子"的名号走天涯，以"茶马古道上的骡子马"闯天下，践行"对待老百姓像对待自己的子女一样"的理念，一路诠释，一路奔波。但我们相信："乡村振兴怎么搞？一句话，就是让老百姓高兴""只有不断学习，才能改变家乡的面貌和命运"。这些思想就像一缕光，正在将我从记忆的乡愁里抽离。我跟在它的后面，像光的学生，轻轻地把雨天里走失的光，一点一点地装进眼里。

天色暗下来的时候，我们结束了一天的学习。狭长的山谷里，青草在静静地生长，所有的花在暗地里开放，一切都是一副缓慢的样子。我们三三两两地坐在帐篷下，谈体会、谈村子、谈收入，谈无所谈。谈到了吃饭，饭桌已开始上菜了，辣蹄子、炖鸡子、酸菜鱼、炒嫩笋、拌菠菜、灰鸡蛋，都是农家土菜。

回到听水居，我遇到了房东老张。老张善言，不待我问，他便向我滔滔道来："我们堰河村是全国文明村镇、中国生态文化村、全国绿色小康村、湖北旅游名村……""像这样的别墅我有两套，一年下来轻松搞个10万块……"

堰河起了云雾，云雾似从别墅中吐出，而且越吐越浓，最终吐成了茶韵道风。于是我相信，堰河村把产业放在家里，家就会吐出一个太阳，以美好为梦想，去想念每一个晚上。

三

晴天里，堰河的春天是茶的景象。

当环境幽静、心境安宁时，方可品出茶之韵味，悟出茶之意蕴。一杯清茶入肚，万千气象共生。我时常在想，如果把茶当作一种心泉，一定会喝出性灵、喝出精神、喝出境界。

第三天的培训是实践课。就在培训中心别墅群内的点滴缓缓消失于山水之中，大家余兴未消，忙于长吁短叹之时，茶，拉开了新一轮培训的帷幕。一垄垄流翠飘香的生态园，一条条九曲回环的绿色小道，一排排古朴典雅的农家宅院，一个个特色鲜明的旅游景点，似块块翡翠，如条条玉带，镶嵌缀饰在灵山秀水间。绿树小草，轩馆民居，溪流潺潺，炊烟缕缕。

堰河水暖茶先知。据村干部介绍，为丰富茶文化内涵，堰河村先后建起了茶坛、茶圣厅、奇石馆、农博馆等景点。游客在品茶之余，可参观茶叶加工区，了解杀青、揉碾、烘干、提香、筛选、包装等茶叶生产的过程，还可拜茶圣，读茶经，祭茶坛，赏奇石。走进农博馆内，犁、耙、擂子、水车、老式纺线车等农具应有尽有，加上八仙桌、架子床、碗柜、瓷碗、箱子等明清家具，这里成了农耕文化变迁的历史见证者。

沿村中间的一座吊桥，过堰河，上茶园。在十二生肖石的指引下，到茶坛，会陆羽；在村干部的带领下，进茶厂，入茶园。碧野苍苍，绿茶飘香，云雾缭绕的堰河越来越远，觉得似远在了天上。累了、渴了，可在茶楼里歇歇，就近买点村里出产的"堰河香"有机茶，以及香菇、木耳、土鸡、土鸡蛋、山野菜等多种土特产。我望向四周的大山，那山像块个巨大的屏幕，堰河茶园就是屏幕的底色。在山水之间，大大小小的茶笼，或挂着，或趴着，或躺着……待在大自然赐予的缝隙间。

在回培训中心的路上，家家户户门前堆卖着山货和特产，扰人眼睛，院门是敞开的，可以随意进出。推开一扇门，一个声音迎面而来：来坐坐，喝杯茶。堰河特有的味道，味道里特有的热情。经过另一家门口时，一个女子热情上前：来坐坐，喝杯茶。我不再怀疑，我们这样走得越久，我们的样子，就越像茶的样子。

三天的审计培训很快结束了，思绪还留在堰河的雨中、山中和水中，抑或是留在茶中。一杯清茶悟审计之道：茶之本，乃是俭；茶之性，乃是洁；茶之功，乃是醒；茶之境，乃是静。以茶为生,以茶修为,可谓茶中有审计。

回家的路,是一杯茶的抵达。由低向高往回走,一股劲地走。在襄荆高速的出口,风格突变,阳光万里,一片清气。在另一条路的源头,看到了家。

(此文2020年3月4日刊于"中国作家网")

夜凤凰

"朗月下之梦/是从云里跋涉来的/夜,唱起清凉的情歌/在每一道山脉浮动。"凤凰的诗人,长河尽舞;凤凰的春天,繁花似锦;凤凰的灯夜,温柔深沉。

沱江河上的水波汹不汹涌我没有看清,但第一眼便看见在彩灯之中激情四射得叫人仰慕的身影穿城而过。我们立即惊呼着认定了:传说中的凤凰古城到了。

那应是一个烟雨朦胧的夜晚,或者是一个宁静而美丽的月夜。来到凤凰不是专门来旅游的,而是与一大群文人聚会的。已经到了4月天气,本该微凉的湘西大地居然像夏天一样。我是穿着单衣漫步在这沱江河边的。

沱江河是古城凤凰的母亲河。她依着城墙,缓缓流淌。这样的河流注定其每一寸都是民间的。沱江河势若游虹,雄卧湘西,厮守终年,把河东河西、岸南岸北烟岚苍翠的温馨浸润给整个古城。

凤凰的夜色,清丽可人。

沱江河依城蜿蜒,河水清澈。夜灯亮光,顺水而下,波光鳞鳞。景随人走,眼随景动,一步一景,步步皆新,一幅江南水乡的画卷直入眼帘。好久没有享受过这种水乡清福了。清秀有山之廓,艳丽有水之光,养目有灯之倩,悦耳有歌之甜。这夜的颜色,很快就让人想起了新西兰作家路易·艾黎曾说的:"中国有两座最美丽的城市……这其中的一座,就是凤凰——古朴悠远的湘西古城。"鉴于此,我也只能应景兼以寄情了。

夜凤凰之美,在于清、在于秀。

沱江河为凤凰而流。灵水即清则明,触手即得的河,和着一种宁静的凉,一阵阵地冲淡着远来的人们略带的倦意。不倦的沱江河,仿佛是一个奔腾了一天的游子,永远停歇不下来,欢快地跳动在古城的怀抱里。河面上笼罩着或红、或绿、或紫、或蓝、若明、若暗、若动、若静的灯影,好像散落的宝珠。月亮就这样融化在河床里,化作一个浪漫而又温暖的梦。我站在对岸高高的拱桥上,看天上的月,看月下的楼,听楼下的水,听水里的音。

最可游而必赏之的河景在虹桥一段。

虹桥又名虹桥风雨楼,始建于明洪武七年,是沱江河上最佳的观景、品茶、休闲之地。居高望远,视野与胸襟,豁然开阔。眼前的吊脚楼一览无余,风景皆在水岸,观岸是景,观水亦是景。拾级而上,重峦竞艳,十分妖娆。偶尔有河灯泛动,即便再凝视它,也注定只是一种寄托。身后的万寿宫披金戴银,万寿塔拥金耸立,皆可动人。一阵山风从两岸吹来,带来飘香的姜糖、石板的土气,带来一种古朴清爽的感觉,令人满身生香。站在桥上,仿佛连脚步都踏得随意而悠闲。美景美食,皆可畅享一番。

夜色越来越深了。

忘了时间,栏外灯光由淡转静,刚才还与我们难舍难分,纠缠不休。无尽的霓虹，或由远及近，或由近及远，忽然变得朦胧、深沉起来。如果再稍加留意，我们就会发现，那水云之上，摇摇晃晃、飘飘荡荡、落满一河纸灯，宛若被缀上一抹清亮的五光十色的浩瀚海洋。浮光跃金，云海缥缈，波涛轻柔。祈求平安的祝福，仿佛在这样安静的夜里，尤为真诚。

沱江河就是这样，一如既往地携着湘西这只凤凰，充满血性，如潮而涌。夜里的凤凰古城总是在灯与水的交融中默默念着独白……

有山有水的凤凰，让你在没有月光的夜里，仍这般企盼着它。

（此文2020年4月26日刊于"中国作家网"）

金边土豆

一出生，便被茅坪人赐予了金边，幸运的金边土豆，随便找一个借口，就能挑起你的食欲。

阵阵春雨，掠过山冈，落在田野。一场春雨太过于浪漫，即使是洞河的流水，也害怕干渴。雨水和河水，顺着锄头就流进了土地。就从这一刻起，金边土豆开始注视着整个春季。

注视着大地的气息，还有春雨的心跳，金边土豆决定从此刻开始休眠，回到它的第一个梦里去。山冈上、田地间，一畦一畦翻新的土地，正在和睡着的土豆做着同样的梦。土豆占据了整个天地，在连绵不断的雨水中和阳光下，独自享受。地层之上是熟睡的土地，地层之下是熟睡的土豆。地层像一个温床，土豆们你挨着我，我挨着你，密密麻麻，分布于漫山遍野中。茅坪村，仿佛接到了使命，小小的村庄，有一件好事正在孕育。

从冬天走过来的金边土豆，在阳光下，一个挤着一个，像一排排闪闪发亮的金元宝，在地里蓄势待发。每一粒种子都有雪的风骨。去掉新芽，将每一个芽口卧土向上，轻施底肥，漫布润土。一座乡村，从春天起，涂了它的底色，变了它的模样。

从早上到夜晚，从土豆的一粒种子出现，土豆地开始在这里眺望。土豆选择在春天发芽，嫩嫩的土豆芽钻出地面，仿佛一夜之间，土豆作别了春天的好梦，模糊了山冈田地里的黄土，成长的声音坚定而跳跃，悄然变绿，不带丝毫土色。你若静下心来，还真能感受到土豆的心跳。有绿色的灵动在眼前跃动，在每一个湿润的芽尖上闪现。春天携风靠拢过来，接近山水中梯形的菜园。长时间的吹拂，松软的香气，惊醒了村子里熟睡的土地。开始听到洞河的水声，雨便有了精神，细细长长的影子，与新发的土豆芽有几分相像。柳树林下的阳光，在春风中荡漾，土豆田边，是大朵大朵的彩云。

金边土豆也会开花，在叶与叶之间，突然蹿出两枝水汪汪的茎干，紧跟着便盘出一片片、一块块的茎，茎顶上，又炸开一簇簇的花，猛一看，像是水仙。土豆的花，有浅紫色的、白色的，还有粉色的。在一片祥和的呼吸中，花牵花、芽连芽、根绕根，层层波浪传递着彼此的情感。在风吹雨打的较量中，它们跌倒、爬起。风拉近了它们的距离，雨增加了它们的欢笑。

金边土豆的唯一美好是在夏天。土豆的花朵开始燃烧，雨水和阳光一起滋润着漫山遍野的土豆地，引得满山的树木开始闪烁。那条抒情的洞河，一会儿向东，一会儿向西，最后化成了雨水，在土豆田边跳跃。干脆敞开心扉，让抚摸直接抵达最深处的土豆。这时候，被女人们带在身边的篓子，一转身就掉进了土豆地里。手心直达土豆秧根部，轻轻一扯，就能带出一串串金边土豆。哦，土豆的一切幸福都被牵引着，在夏天涌现出来。一部分土豆在各家各户中奔跑，另一部分土豆继续在田野中生长。

跑出土地的土豆，就是跑向村庄的新娘。在哪天中午或者某个傍晚，猝不及防，满满的金边土豆瞬间包围了我，可爱可惜，沁人心脾。一种熟悉的记忆，油然而生。相遇从此时开始，夏天即将在我和土豆之间，制造一种味道。金边土豆没有极端，滋味从一切出发，不！是燃烧的激情在这里相遇。是左手和右手亲密地缠绕，是土豆和生活的狂欢，是春天和夏天最深情的拥抱。

金边土豆的秘密就是金边，而金边的秘密，一点就通，就是不用去皮。洗净土豆，金边就被看得真切了。虽然没有去皮，土豆却生得可人，或青椒炒制，翠绿葱茏；或土豆煲锅，黄花泛滥；或片炒一色，胭脂轻点。尤其是放少许酱油及陈醋，清爽可口、色香味俱全。多少次流连忘返翻山越岭前来，我想，大概是因为这份金边和滋味吧。站在十里洞河，停在柳树林的微风中，送来雨后的清静，是空气里散开的土豆的气味。

夏天是自由的，土豆也是自由的。金边土豆随时都有，让人们神情专注，或者生长得更滋润些，直接成为生活的一部分。如果我们与它挨得足够近，就能感觉到自己的味道。当劳累一天、心神安宁时，方可吃出土豆之味，悟出土地之意。一块土豆入肚，万千气象共生。我时常在想，如果把土豆当作一种寄托，一定会吃出神情，吃出精神，吃出境界。从春到夏，大概半年的时光，土豆走进了一段梦的旅程，生而微湿，出而微润，熟而微漾，眼前有一圈淡淡的金边，边丝幽幽，金色淡淡，土豆泛泛，这种余而未决的味道让人着迷，仿佛一切都在梦中。

留在地里的土豆，是留在乡村的秋天。请等一等，让土豆吸足养分，像其他果实一样在山冈上成熟，成为一口气，不断地，不断地呼出幸福的时光。这小小的金色的心脏，饱含着全部土地的热情，茅坪的人儿面庞红润，和土豆紧紧相随。

狭长的山谷里，土豆在静静生长。所有的庄稼都在暗地里生长，一切都走向成熟的样子。三三两两的人坐在柳林下，谈扶贫、谈产业、谈天下、谈无所谈。谈到了吃饭，一家家便开始飘出土豆的香味，土豆辣蹄子、土豆炖鸡子、土豆炒腊肉、土豆炒肉丝、土豆西红柿……满满的农家土豆味。这味道就像一缕光，正在从记忆的乡愁里抽离。我跟在它的后面，像光的影子，悄悄地把生活中走丢的光，一点一点地装进心里。

下了一季的雨，空气中饱含水分，给花草、树木、田园以希望，给这些扑在金边土豆上的人心以希望。秋天让土豆跑了出来，跑向千家万户，像一颗颗心脏在仔细地寻找它的主人。

眼前都是土豆。它们干脆结集成一座山，在每一个早晨，在金色阳光的簇拥下出发，满载着一村人的希望，金色的希望，一步步向外面走去，一遍遍叩问着不同的门楣。在明晃晃的金色时光里，土豆通体透亮，呼应着一颗颗湿润的心。

我望着四周的大山，那些山就像一个个巨大的土豆，而那条洞河，便是茅坪的金边。它在山水之间，在大大小小的田垄上，或临空，或俯瞰，或飞翔……

在冬天的入口处相逢，剩下的金边土豆，又开始进入了冬眠，进入了梦乡。

（此文2020年9月18日刊于"中国作家网"）

庵沟花谷

听说庵沟的金银花长势良好,我便赶往花庄的九里岗。

庵沟,是花庄九里岗腹地中国有机谷的核心区。楚人的高香茶由传说走向传统,山东的金银花由传统走向传说,不期而至。漳河之滨,一片片叶子接受楚人的抚摸,被一阵风喊醒,吹动庵沟的三千意象。那些看似遥远的花物,折叠成一条河谷。几分钟后,河谷起了青烟,原野开满鲜花,花朵穿上一身华服,一个庵沟花谷缓缓地走了出来。

我对庵沟这个地方不太熟悉,去过听过,也听说过金银花在那里落地。金银花项目是我们负责招商引资的项目之一。这次疫情之后,听说它们长得好,前景好,所以有心往之。

当风和日丽时,我更倾向于谷的平静,更倾向于庵沟花谷的云彩。查阅资料得知,庵沟一带曾经是早期楚人的活动中心。上古时期,满山密布着野生茶树。楚先民大量采集野生茶叶并炒制后,将其敬献给皇室。据传,楚君熊绎一生就只喜爱饮庵沟绿茶,因此,庵沟茶也就成了名副其实的楚文化贡茶。

行走在花庄的九里岗,山田青翠,一直向深山里延伸。远处的茶山显得很有层次。云雾缭绕，茶山像梯田，更像云层。茶山的周围，散落着或明或暗的楼房，红灰瓦顶，粉墙洗净，绿树成荫，田园菜圃，花香四溢，一派生机。和山里千娇百媚的绿树不同，清明前后的茶树，一派新生，像长满一地的绿叶。屋前屋后，山上山下，弯弯绕绕，若游龙一般。

车在山谷里盘旋，我们像在云雾中缥缈。有时候，我似乎回到了过去，又成了那个捉迷藏的孩子，一会儿躲到茂盛的草地旁，一会儿藏到滚滚绿浪中。在绿色海洋中，一个个茶农散落其间。在庵沟茶场中心，这里应该是花谷的一部分。站在绿如幕布的茶山上，耳边雀声回响，阵阵清香缭绕。

阳光和煦，轻风微动。当我把目光定格在一群采茶人身上时，我发现了茶叶的秘密，看到了人与茶的亲密。清明时节的茶叶，弥足珍贵，俗称"明前茶"。茶农大多舍不得自己喝，以便将其用于补贴家用。当清明雨润，绿芽长到近半寸长时，无论多忙，无论晴雨，都要先采摘清明茶。只见茶农神情庄重，仿若正与茶树对语。双手轻点，叶叶归篓，一切杂念，尽数消散。采茶的瞬间，倾吐浓浓意蕴，一次次涅槃，藏不住生活的艰辛。读懂了一人一手的自然和敬意，一叶一芽的素净和优雅，停泊在绿茶的光影里，任时光从身边流过。

到了，到了，金银花基地到了。眼前，群山之间，几百亩田园隔着一条河铺展开来。河道蜿蜒，两岸柳树成林，绿荫遮天蔽日。天地辽阔，碧野苍茫，清秀的庵沟山村，在空山新日下，显得清丽可人，如同一幅画卷。在村道显要处、山坡旁挂有"庵沟金银花示范基地"的牌子。金银花种植户张顺财一路踏青过来，拱手相迎。几番寒暄过后，我了解到，张顺财当兵出身，复员后一直在养牛养猪,后来赚了点钱,是庵沟小有名气的老板。去年,经人介绍,他又迷上了金银花,和村委会一合计,成立了金银花种植合作社。仅自己一人就承包了500多亩地,用于种植金银花。今年,受疫情影响,金银花价格上涨,还未等到花开,山东那边的老板已提前预订了订单。

张顺财为人憨厚,长得也憨厚。他像熟悉自己的掌纹一样熟悉金银花,哪些是一年花,哪些是两年花,哪块地要打药,哪块地要分株,都熟门熟路。听他讲,摘花、锄草等所有的农活,都是请当地老百姓来完成的。一天80块钱,老百姓也高兴,不用出门就能挣钱。我问:"村里还有别人种吗?"他笑笑,说:"现在还没有,当初成立合作社时,我就表态,我先试种,所有工人只请本村人,我来付工钱,赚了,把承包的地再还给老百姓,让大家一起种。"正说话间,老张发现了长在金银花下的一堆杂草,顺势走过去,一把扯出,高兴地喊道:"大家快看,花苞长出来了。"此刻,张顺财一手抓住杂草,一手指着金银花。他的十个手指比常人的略粗些,像树根一样稳稳地扎在土里。从青青的沟边滑过,眼前,朵朵花苞,翻涌着翠绿。金银花的一树思念,像几丝愁绪,抚摸着遥远的上古时代。在这里,含苞的金银花,抛出了滴滴隐喻的阳光。

"老王,今儿要把这块地拔完。""你出钱了,没问题。"离地不远处,一个村民在田间拔草。老张舞动着老乡的狂热,他们的背影被一片片金银花淹没。田里的一株株金银花苗,远看如盆景,看似云白,田园青翠,山色青绿。不设围墙,花草相扶,近农家,接田畴,特别养眼。

老张盛情,邀我们到家里吃饭,并特意叫村书记过来作陪。

村书记还特意拎来一袋新茶让我们品尝。屋外，风吹田野，蛙声一片，鸟声回响。"我们庵沟茶，有'好喝又没得'的诱惑，明前茶高栗香、爽口颊、润身心，还有三好：茶汤好、口感好、香头好。目前庵沟茶场基地已有650亩，家家户户有茶山。"村书记神采飞扬地向我们介绍："刚才你们看到的那个金银花牌子，我们准备换掉：庵沟千亩金银花培育基地。坚决支持张总发展金银花，发动村民积极种，确保达到1000亩，力争打造成全县的金银花示范基地。"一杯清茶入口，满满山野之气，青涩、微苦，却格外解渴。

乡村日子长，午饭稍晚一些。老张家宽敞，一栋楼红砖粉墙，透着生机。客厅里，整齐摆开桌几，烧鸡炖鱼，腊肉晶莹，莴笋炒丝，青菜泛光，还有腌红辣椒，一碟蒜泥。无需饮酒，喝点新茶，山音回旋，不知不觉，微微醺然也。

出谷时，太阳西斜，天空由青转红，似花似朵。两只蝴蝶在一株金银花上张望，扇动着翅膀，在田野中找寻庵沟花谷的千年暗语。此时寂寞的金银花，像请来的两个贤淑女子。

（此文 2020 年 10 月 20 日刊于"中国作家网"）

第三辑

诗意穿行

从"澳门"入诗

"你可知'Ma—cau'不是我真姓,我离开你太久了,母亲。"爱国诗人闻一多的这首抒情小诗,是《七子之歌》中澳门的一部分。我无数次体会诗人的心情,心领、神会。

觉出诗这东西,可以让人同时感受人的存在和艺术的存在,让人既面对现实又理想地活着,释放出自己的感觉、想象与理智,妙不可言。不可言,却又有话说,说不清,道不明。

真正接触澳门,缘于香港的回归。1997年的香港,见面就产生了误会,以为回归就是归位。其实不知道:几百年后,用闻一多的话说,我离开得太久了!读了又读,看了又看,我大为震惊。原来诗人的愤怒虽形诸文字,源头却来自新诗。而且,自《诗经》以后,诗始终保持着吟唱的功能。它们的构成成分,主要是实词,大多指向真实、具体的事物,或者说,指向历史和地理。从语法上来看,它们与当时的书面语言是有很大区别的。它既非文言,亦非白话,而是语言艺术的充分发挥。这就是传统文化的魅力。

从澳门入诗,从读闻一多开始。我读《七子之歌》,一个最突出的感受是其中的呐喊雄伟瑰丽，超凡脱俗，大大地拓宽了诗歌创作的天地，故有新诗之风。变形而传神，这是新诗的一个重要特点。基于此，1999 年，我创作了一首关于澳门回归的诗：《通知》。

香港一九九七
六月的黄昏，七月的黎明

仅在四十六秒里
接待了全世界人民
剩下的感情
全部存进
海峡两岸人民的内心

一九九九年十二月二十日
澳门人民
最先取出了回归的利息

香港的董建华和澳门的何厚铧
两种姓一种华多的是金

此诗荣获 1999 年南漳县庆祝新中国成立五十周年诗歌比赛特等奖。以董建华和何厚铧，暗喻一个国家两种政治制度，促进的是经济。

我只想通过清冽细密的波纹，带着低调的言说，恰如其分地表达：在中国共产党的历史长河里，一个平凡人物的幸福人生。《通知》即表达了一种渴望和祝愿。

闻一多曾在《七子之歌》一诗中写道："请叫儿的乳名：叫我一声——澳门。母亲！母亲！我要回来，母亲！母亲！"我最初和最终蒙受的神恩来自中国澳门，其中我最感恩的诗人就是闻一多。

（此文2020年3月24日刊于"中国作家网"）

从李花进入百花

"李花怒放一树白"。据说，这是李白7岁时脱口而出的一句诗。这句诗的头一个字正好是李白的姓，最后一个"白"字又恰恰道出了李花的圣洁高雅。也许这就是"李白"名字的由来，对此，我确信无疑。

我在确定这本集子的名字时，毫不犹豫地用了《李花》这个名字，因为我也姓李，当然，更因为我最初和最终蒙受的恩惠来自中国历代诗人。其中，我最感恩的诗人就是李白。

李花怒放一树白
李白怒放一千年
孤傲得意春风来
满树都成了花仙

唐朝的生活很美
时间停止在李花
我欲走近他，但

谁能进入那太白

一年春作首，万首诗意先。以《李花》作诗集，从李花进入百花；以李白为榜样，从李白进入诗歌。这首诗的要素是李花，核心是李白，是以一种近乎争先的状态来触及主题的。从它身上，我看见了春天的开始，那是一种怒放的开始；从它身上，我看见了李诗的白，那是纤尘不染的白！

我一直为我作为诗歌爱好者，能够直接阅读像李白这样的诗人的作品而心怀感激。李白的诗，风格飘逸，浪漫洒脱，不染丝毫污邪。它的朴素是世界本身的朴素。此句、此诗、此人，怒放千年。今天，我依然可以强烈地感受到他，他的境界、他的氛围，不需要任何知识来进行阐释。他表达的感情像大地一样，自在、自知、自言自语，直接明了。

从李白进入诗歌。"君不见，黄河之水天上来，奔流到海不复回。君不见，高堂明镜悲白发，朝如青丝暮成雪。人生得意须尽欢，莫使金樽空对月。天生我材必有用，千金散尽还复来。"是这些大气磅礴的诗句，激励我，引领我。何谓永恒，何谓诗歌，使我生活着，热爱着。李诗已潜入我的生命，成为我精神世界的幽灵，它悄悄地站在我身后，看着我写出第一部诗集《一直在等》，又看着我写出审计的《一生在等》，再看着我写"百花"。

读李白时感到由衷畅快，他的旷达不拘、灵动飞扬，仿佛横空出世、自由激荡，自有一种气势。历史恰似李树，经典犹如李花。李白的诗就是其中最美、最白的。李白的诗照亮了历史，同时，也照亮我不断前行。

从李花进入百花，是顺理成章的。我萌生了纪念百花的念头，创作了"春暖花开""灿若夏花""秋日花语""雪里看花""名花有主""花见花开""繁花似锦""花花世界""朝花夕拾""静待花开"十辑诗。前八辑为新近之作，实为"感时花溅泪"。第九辑精选了《一直在等》中的几首诗，实为对过去"朝花"的再拾。第十辑为《一生在等》的审计"静待"，实为一种命定的待花。由此产生了惜花、为花、舍花、望花、恋花、感花、悟花、随花、朝花、待花等多种情结。将种种情绪融入我工作的家乡、生活和周围环境中，在百花的世界里，体会一花一世界。

每个人都是一朵花，每朵花都有自己的世界。尽管在大千世界里，我们只是渺小的花朵，却也可以成为蜂蝶的天堂，在别人的世界里留下回味，在自己的世界掬一抔馨香。这就是诗集《李花》里的花花世界。

每个人都是一片叶，每片叶都有自己的绿意。在我的眼里，杏花的美始于诗；野菊花唤醒了春天；樱花将我的笑容打开；映山红捉弄着一只蝴蝶；稻花年年花气如初；槐花开在风中；看豆花相爱、芦花携手白头；和雀花只关照我一次；凌霄花是一种审计花；一整片橘花行走在间；石榴花很像我的诗句；格桑花在山间坚挺；柿子花让人想起乡间的女子；金银花最终遗落人间；一株核桃花一股泉。我怀疑紫薇花是襄阳的雪；伟人的山水诗句恰似一朵蜡梅；洁白的棉花接近冬天的白雪、一品红绽放在八百里云天中……

一花而见心。得月得诗是桂花的一次微笑、菊的一生见证了风声雨声冰雪声；兰花占据了整个家；我和梅花比时间更快、月季识人、桃花若女、心里只有一朵百合花；海棠花只为一个人而开;一粒花椒让我想起了鲁甸;苦瓜花中能嚼出父亲苦涩的汗水;南瓜花平淡如我的父亲母亲;栀子花的白只能是母亲眉心唯一的白、泪花淹没在鲁甸;火花是一种被燃烧的欲望;浪花懂得对梦进行追求;礼花披着光、披着火……

由李花进入百花,是合乎情理的。一树洁白的李花,临冬迎春,一个"酒入豪肠的诗人,绣口一吐就半个盛唐"。穿越千年时空,他的白直视今天。

从李花进入百花,只是我成长过程中的一次经历,只是在这次经历中记录了时光、亲情和爱。在成长的岁月里,我一直享受着李白所带来的李花意蕴。

从李花进入百花,我享受着百样的人生。

(此文2020年6月15日刊于"中国作家网")

诗意的穿行

1989年，我去父亲工作的地方：殷庄。山乡变家乡，百无聊赖中，也就有了我的第一首诗：《通知》。"如铃声一样永恒/9月10日，在荒芜的山里/辛苦地走来一个/牛背上的娃儿/伶俐的双手/正拍打一张破画报里/一个节日/停在山谷/回响"。20世纪80年代末的山村小学里，标语只留下了一半：教育为本。在本该上学读书的年纪，一个孩子却在放牛。说来，这份抒情还是跟李白学的。现在看来，诗非诗，但当时对诗的体会与理解，也还沾点边儿。后来我迷上了诗，开始研读中国古典诗词。我一直为我作为诗歌爱好者能够直接阅读像李白这样的诗人的作品而心怀感激。李白的《静夜思》是对我进入诗歌领域影响最大的一首诗。在有月亮的夜晚，我总是想念李白，体会其《静夜思》，这首表面看起来非常简单的诗。诗人的一只眼睛望着天空，另一只眼睛盯着大地，使我领悟到我们头上的天空从来不仅仅是现代的天空，李白们的诗歌也从来不是古典的诗歌。

1999年，澳门回归祖国，我创作了另一首《通知》："香港一九九七/六月的黄昏，七月的黎明//仅在四十六秒里/接待了全世界人民/剩下的感情/全部存进/海峡两岸人民的内心//一九九九年十二月二十日/澳门人民/最先取出了回归的利息//香港的董建华和澳门的何厚铧/两种姓一种华多的是金"。此诗荣获1999年南漳县庆祝新中国成立五十周年诗歌比赛特等奖。当时的我，一个青年对祖国母亲的爱，可能有点谦卑、有点感激，有点敏感。我眼里和心中的祖国的强大是难以言表的。这主要是由于它太开放、太辽阔、太丰富、太诗意了。在寂寞与忙碌之间、在平淡与烦琐之间、在为国与为民之间，多种感情、心情和真情相互交错又相互融合。其中的宽容、尊重、礼俗和忌讳，无不使我感动。有时候我在县委办公室值班的某个瞬间，正好碰上一群上访的老百姓，抑或一个哭哭啼啼的妇人，甚至还有一个满嘴胡言乱语的疯子。我惊讶于小小的县城生活，在小小的南漳竟然保存得如此完整。而这，恰恰是我喜欢的生活。我想，上访也许并不能代表南漳，但肯定能代表生活，就像香港和澳门的回归代表了诗意的祖国一样。

2009年，我在新中国成立60周年之际，以《一块红布》8句诗，反映一个"我"从出生、结婚到生子的重要人生历程。原诗如下："母亲把我全身一包/我出生了/母亲往新娘头上一搭/我结婚了/母亲做了一双鞋/我的女儿出生了/这是怎样的一块红布啊/母亲用了又用。"我只想通过清冽细密的波纹，带着低调的言说，恰如其分地表达在祖国母亲的呵护下，一个平凡人物的幸福人生。我在县委办工作了近20年，也带来了第一本诗集《一直在等》的诞生。《一直在等》就像一幅纯净的风景画。诗集表达的绝不是"触景生情"的那种伤感，而是一种心境，是岁月沉淀之后留下的澄明的时光，沉静而清纯；是繁忙的闹市腾出的一方净土,辽远、开阔而又一尘不染。收获之后的等待,占据着大地的宁静。一直在等,祖国的影响并不总是像一束光,有时也像在秋高气爽的天空中漫步行走的花朵,引导我的阅读,使我穿行其间,走向俯瞰大地的山峦。

2019年,到审计局工作已有近8个年头了。"构成我的世界,其实很少/我纠缠着数字,数字纠缠世界/除了数字,没有什么//许多年后,我坐在灯光下/我不再轻易说,除了灯光/没有什么,将我照亮//寂静的黑暗中,我的白发/更像一片雪域,照亮/我的一生。"其间,我创作了审计生活、审计风暴、审计人生、审计如雪、审计另有一种美、审计梦、最美的力量等七卷诗,成就了我的第二本诗集《一生在等》。由春暖花开、灿若夏花、秋日花语、雪里看花、名花有主、花见花开、繁花似锦、花花世界、朝花夕拾、静待花开等十辑诗,填满了我的第三本诗集《李花》。诗意无时不在,反映着审计干部的真实生活,蕴含着对土地、对人生、对内心、对家乡、对幸福的思考。在全国上下喜迎祖国七十华诞之际,由襄阳市作家协会、南漳县审计局联合开展的"文学进乡村"暨"最美南漳,走进柳林"的诗歌朗诵会,在审计局扶贫村——李庙镇茅坪村举行。此次活动旨在讴歌农村精准脱贫重大成果,展示李庙镇茅坪村"脱贫摘帽"后的新变化。"柳林诗会"得到省市各界媒体的大力宣传,也给了我新的启示,并让我对未来有了新的认识。我恍然明白:"柳林诗会"仅仅是无数美好生活的一个缩影。在我看来,脱贫攻坚、人民幸福、诗意的生活,尽在其中。

(此文2020年3月26日刊于"中国作家网")

我想写些什么

写作的态度

我曾经住在一个村庄里，离县城近 10 公里。一览无余的乡村平原，让我感到自由和兴奋，但我渴望城市的繁华；现在，我住在县城，离我的单位不足 100 米，百米之内的大千世界，让我感到疯狂和冲动，但我渴望村庄纯粹。

所有的渴望都有感恩的一瞬。

所有的感恩应是不吐不快的。

把我的渴望写出来，我快乐。

如果我不能写出来，我渴望。

河流、草木、山川、祖国和我的家乡水镜庄，以及我比较喜欢的深藏不露的楚丹阳，都是我的敬畏。我相信我的身体里有着一种固定的姿态。

我想开口说话，能够代表我说话的是我的作品。诗是我留给这片乡土的唯一礼物。于是，20 岁时，我从教师节开始，发表了自己的第一首诗:《通知》。

　　写诗的过程,对于我来说,就是最好的休息。我喜欢这种姿态,言简意繁,言犹未尽。很难想象,一百米的生活,没有给我带来沉重。恰恰相反,生存在这小小的南漳,使我充分享受到荆楚文化的阳光和地气,生命饱满,生活充满激情。

　　我的父亲的背影、母亲的双手、爱人的眼神、女儿的哭意以及朋友的天空等,有意无意地,总是在心灵最亢奋,或是最孤独的时候轻轻浮现。一种真实的、自然的姿态——《一直在等》,献给所有的亲人和朋友。

　　"狮子搏象,用全力;狮子搏兔,也用全力"这是我比较认可的理念。

　　我的诗你也许不喜欢,这是正常的。

　　但我很喜欢这些诗,这也是正常的。

写作的难度

　　今年我 37 岁了,还做着成为一个诗人的梦。我感觉我还没有长大,就已经走向衰老。

　　诗有很多功能,最根本的功能是记录人生的种种体验。每次人生经历、体验的不断深化,都启发了我的诗歌创作灵感。

　　我总觉得,诗意无尽。一首诗反反复复地修改,到最后仍然无法充分表现自己的心愿。于是,我始终在想:我为什么要写诗?我非写不可吗?我想写些什么?

　　诗刊社艾龙对我说:"大体上讲,你的诗注意语言的变化以及场景的转换,这很不错,但应注意不宜搞成散落的珍珠,应该主体化使之丰富……诗即情感的，情感则以审美为要旨，勿顾此失彼。"

诗人谢建平说："感觉你的诗很注重文化背景，这非常好。诗应该是有很深的文化作底蕴的，如此能够让诗进入历史深度，这是你的诗之所长，应该坚持为主。"

"写诗不像散文，可以随意泼洒，而诗不行，必须珍惜每一字，使之在有限的范围内，发挥其最大的功能。因此，这就需要进行跳跃式的表述，使一些读者能用经验体验到的东西略去，人为地增大想象空间，读者积极参与阅读创作从而使你的诗发挥更广阔的蕴含，增加诗的可读性。"

依据这个理念，我将《烫》进行了由散文向诗的大幅度转变，我将它从起初的烫伤向烫心进行转变。后来，诗人谷禾给予了我极大的鼓舞："我最喜欢的还是《烫》，不但它的表达得到了很高的控制，表现出了诗作者不凡的写作技巧，而且是蕴藏于其中的亲子之情深深打动了我。"

如果《烫》真的打动了你，我希望你看着你的女儿，就这样一直看着，一直等下去，一直看下去。

诗歌艺术就是这样帮助我开口说话，帮助我从形象走向意象，从繁杂走向繁华，从鼓励走向鼓舞，从感伤走向感动。

诗人蓝野说："作品中还见些匠气，有制作感。艺术大师罗丹说：'艺术是一门学习真诚的功课。'我认为，诗人应更多地呈现个人的经验与感受。"

我只想告诉你：虽然我写了洛阳大火、汶川地震以及美丽的凤凰古城、神秘的长安街，但是我生活的南漳县，穷、渴、饿。然而山水至纯，民风至朴。

仔细想想我写过的关于家乡的每一首诗,没有一首令我满意。我常常陷入这样的尴尬:在诗里,我兴奋;在诗外,我失落。

能使我心灵纯洁,灵魂沉静的也只有这个小小的县城,因为我所有的爱一直流淌在这里。

写作的高度

这是一个我几乎无法把握的境界,它涉及了高度,必然就包含着诗的灵魂的旅程。

持续的写作导致我时有错觉:与人交谈,另有牵挂;心有所属,爱分两边。但我坚信,这不是病。这应该就是:"绿色的草坪里/豁然有两条岔开的路/可惜没有人/能在同一时间走两条路/我能"(《主题·和谐》)。

我想谈谈一首诗的写作。

2000年12月25日晚,这应该是一个极为平常的圣诞之夜。我在家看完电视,像往常一样回到书房。我想写些什么,但又无从下笔,于是对自己说,等到明天再说吧。

第二天上午,这应该是这一年中最特别的一个上午。所有的人都在谈论河南洛阳,谈论东都商厦,谈论309条生命。我想到无辜和不幸,想到政府和官兵,想到家人和亲人。我想写点什么,等到晚上再说吧。

夜深了,这应该是2001年前的几个不眠之夜,妻子和女儿相继睡去。冬夜的寒风,像个无家可归的游灵,在窗外呼啸。这时候,我想,没有什么在等我了,唯有诗在等我了。我习惯性地拿出笔，写出了下面的这些文字：

"我坐在圣诞的夜里/任凭洛阳/与那火的灼伤/窒息地/等着烧焦的心脏/一具、两具、三具……/五具、七具、九具……/数着数着/我已成了惊慌的洛阳……"（《一直在等》）。

我最敏感的是，灾难到来时，不幸未尽。

我感觉有些话还没有说完，但已是凌晨4时，我不能再想了。

诗人蓝野来信说："诗作有积极的充满忧患意识的立意。特别是《一直在等》一首，将灼人的伤心极好地表达了出来。'我已成了惊慌的洛阳'等几个句子实为佳句。"

我是无法被安慰的。

尽管后来我写出了《我爱你》《幸福就这么简单》《荒》《哭》《寒夜》《八百里秋天》《深圳，我接到一个电话》《税约》《长安街和水镜路》等作品。

我是无法被满足的。

我一直在等。

（此文2020年4月3日刊于"中国作家网"）

一生在等

春雪，是今年看到的第一场雪。这个春季仿佛是一年的最初，又如同是我一生的等待，冬的尾声就是春的序曲。我认定这一场雪为我在天上停了很久，等待着此时此地的相遇。雪越来越白，世界越来越净，我所有的视野里都是一片洁净。雪以一年为一生，冬天覆盖，春天融化，对四季进行了纯洁而高雅的小结。这多像我所从事的审计工作，在雪的世界里感受"审计的净"，"审计如雪/冷，但是很干净……"

审计，我已经与其生活了近3年。我眼里和心中的审计之美是难以言表的。这主要是由于它太丰富、太辽阔、太诗意了。而它的宁静、深邃和高贵，如荷、如山、如诗……

在寂寞与忙碌之间、在平淡与烦琐之间、在妻儿与朋友之间、在为国与为民之间，多种感情、心情、爱情和真情相互交错又相互融合。其中的宽容、尊重、礼仪和忌讳，无不使我感动。

关于审计的工作、生活和诗意，在我看来，审计成立30年来，许多时候是在一种等待中成长的。中国的审计在监督上一脉相承，虽然中间的路程有偏失，但正不断走向完善。甚至可以说，30年来，审计工作是在无数的"免疫系统"中走出来的。而这种免疫系统，正是一个又一个审计工作者在一年又一年的账山数海的日子里流淌出来的来自生命的声音，来自心底的声音。

这是情感的心灵之帆，风风雨雨都会有我们肩并肩地靠港和远航。中国这30年来的审计工作者们共同谱写出了新一代的审计工作成绩。因此，他们无惧面对历史，他们无愧于时代。

走进南漳，你就走进了八百里，你就走进了博大与恢宏。2011年8月，一走进审计，我就走进了这片春深如海的故乡。我一口气阅读完了《中国审计20年》。我读得非常慢，从第一页开始，我写下了《1982年的胡乔木》；从第一次下乡开始，我有了新的寄托《村审寄怀》；从接待第一个审计组开始，我知道了《沙洋来审》；从第一个会议开始，我发现了《工作到最后一天》；从中国梦开始，我思索着《审计梦》……一腔思绪飘浮在这奇妙的组合里，似梦似幻，亦假亦真。

对我来说，一部作品就是一面镜子，照出我生命中的一段历程，一个面貌。有时候读到一首诗，会觉得活着就是为了这个，生命的意义就在寻找这首诗上。一首诗，就像一本好书，就像一段历史，就像一个世界。生命最本质的才是艺术最珍贵的。

什么样的生活，便有什么样的语言，便会产生什么样的诗。南漳审计30人，其实他们的工作很苦。他们是60万南漳人中的一分子，却像"和氏璧"一样缀亮于金漳巨变的土地上，审计是他们一生的职业，更是他们一生的事业。他们在疯狂的工作和生活的压力下，每日每夜，没日没夜，一笔一笔地，计算着他们的生活真实，执守着对土地、对人生、对内心、对家乡、对幸福的思考。呕心沥血！他们为的不是名，不是利，不是身份、地位、成功。而只是想让家乡越来越美。和这些优秀的、文明的团队一起工作和生活，我恍若置身于惊涛拍岸的大境界，千堆雪浪打湿了我的头发、脸颊、衣衫。但我知道，我身上最湿的地方，就是我的眼睛！

在"审计卫士"的背后，还站着数量更为巨大的、心情更为激动的一大批亲人和朋友。能够经过几十年岁月的洗礼而继续清洗着他人的审计，他们已在这片大地上扎下了根。

尽管诗咏自然、歌美自然，但是这种关爱是有限的。长期以来，我力求解决审计人与自然关系的问题。像日月星辰、山川河流、花草林木等自然于世的和谐之美，社会的进步破坏了这种亘古已久的宁静和自在的状态。在改造自然的同时，审计以真实的方式与自然进行无言的对话，自然也以对人类无伤害性、无功利性的方式启迪着这种诗意表现和感性价值。所以，我用《教师节前夕》这首诗，解读着审计与自然的默契。诗即自然，愿每一位审计工作者都怀着一种喜爱，与自然交谈，与世界交谈。

也许最好的钥匙只是诗。诗是解读心灵密码的最好的接头暗号，让我们重新体会浪漫的含义。对"万物有灵"的审美，就是对自然的审美，我又一次想到了《吃鱼的毕加索》的审美过程。聪明绝顶的记者约瑟夫·摩根，在采访毕加索时，一句话未问，一句话未说，只是用相机记录下了毕加索吃鱼的最后一步：毕加索津津有味地举着一件像艺术品一样的鱼骨刺。其专注于事业的认真态度一下子便使其享誉世界。每一名审计工作者完成每一个项目的过程，就是一次完成自身的过程，也是为繁荣和幸福的南漳，做出属于他们的一份贡献的过程。真实而认真的审计工作者，逐步完成了成长的过程，最终张开了美丽的翅膀，向蓝天飞去。

每一个成功都来源于等待,每一个等待都是一种厚积薄发。人生的成功很复杂,也许是山重水复的;人生的成功其实也很简单,有时只需轻轻按一下快门。南漳审计局也以自己顽韧的作风和骄人的成绩,创造了20多年来的持续成功,鼓舞着一个又一个的审计人,为更高的目标铺下了越来越坚实的路!

书香机关,始自阅读。也许最好的文明就是文化,最好的文化来自真实。真实永远是文学的第一生命。

在真实面前,文学的种种技巧都显得黯然失色,我也因此越来越对文学产生了兴趣。这就是审计与文学的缘分。为此,我为自己作为来自审计局的一名文学爱好者深感荣幸!

诗意地栖息在审计行业,有美好心情才能欣赏美妙山水,用诗意情怀构建美好家园。一面在烈日下用审计测量家乡,一面在酝酿诗歌。一句话,我的身体诚实地栖息在经济开发与建设的工程中,思想却自由许多。

诗歌不是生活的全部,却要写出全部的生活。人要干净,诗要干净,这是作为一名审计工作者对诗的最好诠释。诗与生活永远并存,内容深厚而充满回味、哲理性的启示。"审计生活""审计风暴""审计人生""审计如雪""审计另有一种美""审计梦""最美的力量""天上襄阳"八卷诗,每首诗里都有肉体的心跳、心灵的隐秘、时代的磁力。也许没有充分的表达,却表达了干净;也许没有尽情的释义,却叙述了自然。

诗在等我,我也在等诗。在任何时候、任何人面前我都不自卑,因为我胸中有一团火在燃烧。

新的一年,出于怀念和憧憬,我将审计中喜爱的诗篇辑录成册,愿朴素的诗歌能把读者带向远方,在内心宁静、澄明的数字天空里,走进审计,走进生活。

　　我真实而深情地记录下审计工作。记录下这些诗意的文明,不仅对审计的意义是重大的,而且对南漳的发展历程也是一个见证。记录下这些诗意的审计,不仅对我自己来说是一份慰藉,而且是向为审计的发展做出贡献的人们致以崇高的敬意。

　　审计人生好入诗,愿您的心情像诗一样的好!

(此文2020年9月2日刊于"中国作家网")

写出自己

喜欢诗缘于灵感和激情。我对诗的追求是：简单就好。诗是一种表达方式，是把复杂的感情，运用比喻性的语言，找到一种最简单的暗示。一个写诗的人，应该是一个简单的人，一个激情的人，一个冲动的人，一个真实的人。

写自己的声音

多年来，我坚持在诗歌写作中努力做到：体味生活，热爱生命，坚持诗意的存在；挚热乡情，赤子之情，坚守心灵共鸣。《一字诗选》在保持一字一诗的风格的基础上，大量运用两行体的技法，体现出精悍短小、富有创新的诗歌特点。这是对我近年来探索实践的诗做了一次总结。

当今诗坛，百花齐放，已成态势。我始终保持着一种欣赏者的姿态，对每一种声音都持倾听的态度。虽然有些诗歌热衷地表现娱乐功能，并强烈地消费着身体，怎么养眼怎么写，叫骂之声不绝于耳，但我还是不断告诫自己，尽可能发出自己的声音，保持自己的创作不被淹没,就足够了。

近年来,我以自己的方式,坚持两行体诗歌的创作。我仍然会沉迷与执着于一首诗中两种情感的发声,而不会在意当下诗坛正在流行什么,在意什么。首先,我的写作是发自内心的,而不是来自流派的。我要尽力保持这种情感,我相信,一首诗,不同的人能产生不同的情感。我更坚信,一首诗,我首先要写出两种情感、一句话,一种声音——

"比整个春天还怕的是/只剩下寂静的白天和夜晚//比白天和夜晚还怕的是/生在血管和神经中的呐喊//只剩一种声音/挑拨那根最怕疼痛的神经//只剩一种姿态/让你活在彻骨切肤的诀别//只剩一种分离/一上路就逆行在天人相隔//比同时感染还怕的是/明知不归路仍默默赶路//我怕他们在一起/我更怕他们不在一起"。

写自己的文字

一首《静夜思》从滚滚唐诗中如箭一般射出,带着"床前明月光"生成的旋转翻滚的云烟,带着"疑是地上霜"的想象的疑问,带着"举头望明月"的力量唤起我的敬畏,绕屋惊飞且心怀眷念地用"低头思故乡"的头敲打着我的门窗。如此简单的诗歌,可惜直到现在,我也没有把诗意读充分。

封城,让这个春天开始紧绷。那些天,我感觉自己凝固了,像一条流动的河流,突然变成了一块冰封的湖泊。我知道,湖泊是静谧的、安逸的,在这个时候,这是一条河的最佳归宿。春晚时,白岩松在临时节目《爱是桥梁》里的一句台词"我们在过年,但你们却在帮我们过关"令寂静生畏,掀动我心中并未平静的一角,此话一出,莫名地感动,致敬。"每个敬字总有沉默不语的担心在节日弥漫/每个敬字总有不曾消失的爱心在病房飘散/每个敬字总有不曾远去的放心在不断温暖。"或许每个坚守着爱的人,她的时间越来越少,越来越紧,但她得到的"敬"字是境界和人品的体现,那令幸运中的人们伫立沉思的无数的"敬"。这首《敬》诗,虽未使读者看到明亮闪烁的光,却使我看到了沉默之后的连绵与起伏。是的,认真的悲伤值得每个人思考,时光、现实都安静了,只有那使心底一亮的敬畏留了下来。

"武汉本来就是一座很英雄的城市。有全国,有大家的支持,武汉肯定能过关!"泪水始终没有流下来,却湿了全国人的眼睛,也湿了我的心。我以泪入诗:"我们眼里/隔着一条长江/中间/隔着一层口罩/内心/隔着一句话//这句话/说了,怕你放心/不说,怕你担心。"发出以后,很多朋友问我:"什么话?"诗中的那句话,我不知道该怎么说,确切地说,我更不愿说,说了放心的话,怕大家更放心,说了担心的话,怕大家更担心。疫情之重,武汉之难,全国之痛,对钟南山院士来说,更令人揪心的是病毒。我相信,不管是谁听了那句话之后,更多的都是揪心。"只有风/只有油菜花/像这春天,充满了激情。"《风》把我从县城吹到扶贫村,穿越重重关卡,在荆楚大地一泻八百里。"风停了下来/雨趁着春色生长//像社区的值守点/洒下的水珠一样//雨中模糊的你/肯定在哪儿见过。"此时,诗就是《雨》,雨就是诗。

"以生命赴使命/对着长江大喊一声/你可以拿走我的全部/请将这份承诺留给我/我要靠它亢奋的声音/投身火焰时开口说话。"

《诺》守文字，坚持抗疫。《敬》《泪》《病》《毒》《守》《劝》《防》《静》《难》《汉》《山》《雪》《离》《归》，每一个字都在努力抗疫。

追求诗的言简意深，从追求诗的命名开始，这就是《一字诗选》的初衷。一字一情怀的显在表征，一字一历程的直接注解，交织成我的一字一诗的诗歌旋律。

写自己的生活

《一字诗选》是我的一段感情生活经历的心灵笔记，主要通过"疫情篇""扶贫篇""家乡篇""工作篇""生活篇""时光篇""游子篇""祖国篇"8个篇章，对身边事、身边人、身边情等进行多向构建，叠回重生，一字阐释。

现在看来，脱贫攻坚像被时间之手安放在祖国蓝天里的一片云彩。"茅坪只是南漳的一块补丁/却是脱贫攻坚上一朵云彩//从2015年春天到今天/漫长的春夏秋冬像四个健儿//我们脱口而出的句子/多像空中飞翔的飞鸟"（《爱》）。在贫困村，像被我们举过了头顶，一副冥思模样；"我和草木都喜欢在春天里/遇见家乡的一片云//我会兴奋地看着茫茫田野/仿佛看到了亲人//他们生来就能以一己之力/为众人而生//这一切总像风吹过的春天/我遇见自己"（《遇》），是我从眼前缓缓流过的明澈见底的洞河里找寻自己的前生与来世。

而家乡可以毫无愧色地占据我生活的全部。我从田家营的《炊》《烟》《画》《映》，看见所有的乡愁；家乡的《谷》《河》《湖》《路》健康成长，是我心里最朴素的理想；《犁》《牛》

《瓢》《米》，同样看见他们和我一样作为家乡亲人的内心；《盯》《读》《渡》《唤》，好像从儿时到现在都是一件美好的事。我又从《多》的家乡、《古》的家乡、《绿》的家乡，甚至《眠》的家乡中，发现了《俗》的家乡，一字难尽。原始的美流光溢彩，原始的美深藏家乡，原始的美在等我。

当我们工作时，"阳光正一寸寸把我镀亮/我就是工地上的一个魂"，有意无意的一笔，就是八百里南漳一个长长的《魂》。生态立县、工业强县、旅游活县，是一种力量，八大任务和三个目标，都是为了同一个南漳。"此去，高速环绕，过了汉江，就到了长江/此去，高铁林立，片片村庄，如烈马脱缰/此去，激越雄心，磷火光芒，开辟新辉煌"。《新》的寥寥几笔，一条条交错其间的时代高速，让我徘徊在有风的路口，看不清来龙去脉，只能使劲地遐想。

生活无处不在。于我来说，它就像一群春夏秋冬、白天黑夜里从不停息的文字，只陈列着一些琐碎：《菜》《草》《饭》《面》《粥》《粽》《汤》《酒》《醉》，还有一部分情感：《分》《归》《泪》《蜜》。它们像被留住的心灵，却是我生活的见证者，更是我诗歌之路上最简单、最恰切的历史注脚。

时光稍纵即逝，比《短》还快，比《急》还快，比《光》更快。但文字可以挽留《夏》《秋》。这时候，思想、情感、心灵才露出其本质：洁白、纯净。白茫茫的雪景像日子一样转瞬即逝，以后的日子里，我亲近文字，我只选择《赠》。

不知有多少游子就在家乡奔跑。但我坚信，我始终游走在家乡的山山水水，我用一字一诗记录下了自己流浪的脚步：《伴》《触》《丢》《隔》《回》《见》《劫》《恋》《迷》《念》《失》

《石》《雾》《峡》《忆》。十年之后，我将在一个雪天里，再用一个《等》，交换家乡的体温，真正地与家乡融为一体。

我偏爱祖国的苍茫，但我更爱祖国的《鸣》："不鸣则已/我们相互酝酿//一鸣/便喊出火辣辣的太阳。"让祖国在我和我的文字的组合中，加深并且加厚了这本来的神秘、广大以及辉煌。这一点，是多么符合我灵魂的需要啊！

值得一提的是，《一字诗选》中的大部分诗歌都在中国作家网、中国诗歌网等平台发布，一切都在不经意之间，一切又像在不如意之间。一字一诗，我什么时候能找到一个合适的字呢？我什么时候能写出一首真正的诗呢？

我要找到这个字，我要写出这首诗。

这就是我的生活。

（此文 2020 年 9 月 17 日刊于"中国作家网"）

向李白追寻诗和远方

"床前明月光,疑是地上霜。举头望明月,低头思故乡。"李白的《静夜思》,是带我追寻诗和远方的一缕乡愁。

1989年,我待业在家,百无聊赖,总是在有月亮的夜晚,举头或低头,体会诗人李白,心领、神会。我觉出诗这东西,可以让人同时感受到人的存在和艺术的存在,让人既现实又理想地活着,释放出自己的感觉、想象与理智,妙不可言。不可言,却又有话说,说不清、道不明。因此,也就有了我的第一首诗:

《通知》
深藏苦难的乡村校园
释放出最后一缕热情
……教育为本

如铃声一样永恒
9月10日,在荒芜的山里
辛苦地走来一个

牛背上的娃儿

伶俐的双手

正拍打一张破画报里

一个节日

停在山谷

回响

20世纪90年代的山村小学，标语只留下一半：教育为本。本该上学读书的日子，一个孩子却在放牛。说来，这份抒情还是跟李白学的。现在看来，诗非诗，但当时对诗的体会与理解，也还与诗沾点边儿。后来我迷上诗，开始研读中国古典诗词。我一直为我作为诗歌爱好者能够直接阅读像李白这样的诗人的作品而心怀感激。李白的《静夜思》是对我进入诗歌领域影响最大的一首诗。我总是在有月亮的夜晚想念李白，体会其《静夜思》这样表面看来非常简单的诗。诗人一只眼睛望着天空，另一只眼睛盯着大地，是这种对理想与现实的态度，使我领悟到我们头上的天空从来不仅仅是现代的天空，李白们的作品也从来不是古典诗歌。它的朴素是世界本身的朴素。此诗的存在已经千年，我依然可以强烈地感受到它，它的境界，它的氛围，不需要用任何知识来阐释。它表达的东西像大地一样，自在，自知，自言自语，直接就是。

诗是魂之体操，梦之底片。在我看来，面对浮躁的世界和快餐化的生活，现代人更应让心灵与诗歌进行对话，放慢生活的脚步，让心灵在诗意的自由中栖息。说到新诗，谁没有读过《雨巷》《致橡树》《面朝大海，春暖花开》，谁不知道戴望舒、舒婷、海子？其实，每个人都有着各种各样的诗歌体验。我始终认为，生活处处有诗意，就看我们怎样把语言艺术化，把生活艺术化。"妈妈是一本书/爸爸一打开/就舍不得放下。"这是一名小学三年级学生写的一首短诗。"大风吹着我和山岗/我面前有一万座村庄/我身后有一万座村庄/千灯万盏/我只有一轮月亮。"在一首名叫《流浪》的短诗里，上海交通大学柒叁（笔名）的侠士豪情、游子逸气与温情展现无遗。在喧嚣的生活里，一首浸染着青春的诗歌，是否会给人丝丝触动和浸润呢？

真正接触唐诗，缘于李白和杜甫。22岁时，我读《唐诗三百首》，上来就产生了误会："熟读唐诗三百首，不会作诗也会吟。"其实不知道的是：一个如炎炎烈日，其诗韵光照乾坤；一个如朗朗明月，其文意幽深沉郁。一千年后，用闻一多的话说，李白和杜甫，是唐诗天空的日和月。读了又读，看了又看，我大为震惊，原来古典诗词虽形诸文字，源头却来自口语，而且，自《诗经》以后，始终保持着吟唱的功能。它们的构成成分，主要是实词，大多指向真实、具体的事物，或者说，指向历史和地理；从语法上看，它们与当时的书面语言是有很大区别的，既非文言，亦非白话，而是语言的充分发挥。这就是传统文化的魅力。

新诗的诞生。晚清的诗歌革新运动催生了"新诗"这一概念，这要从"五四"运动前后的胡适开始。要从胡适的《两只蝴蝶》开始，原诗如下："两只黄蝴蝶，双双飞上天。不知为什么，一个忽飞还。剩下那一个，孤单怪可怜。也无心上天，天上太孤单。"胡适的这首"白话诗"，虽不能与《静夜思》相提并论，却促进了"白话"的普及，实现了诗体的大解放，但它没有更新诗歌的感觉、想象方式，在取材和趣味上还是传统的。出版于

1921年的郭沫若的《女神》，以强烈的革命精神，浪漫主义的艺术风格，豪放的自由诗，开创了"一代诗风"，被认为中国第一部新诗集。它以放眼全球的视野、狂飙突进的气概、淋漓酣畅的诗行适应了时代的要求。我读《女神》时，一种最突出的感觉就是其中的形象是雄伟瑰丽，超凡脱俗的，这大大地拓宽了诗歌创作的天地，故有李白之风。变形而传神，这是新诗的一个重要特点。基于此，1999年，我创作了另一首关于澳门回归的诗，《通知》：

香港一九九七
六月的黄昏，七月的黎明

仅在四十六秒里
接待了全世界人民
剩下的感情
全部存进
海峡两岸人民的内心

一九九九年十二月二十日
澳门人民
最先取出了回归的利息

香港的董建华和澳门的何厚铧
两种姓一种华多的是金

此诗荣获 1999 年南漳县庆祝新中国成立五十周年诗歌比赛特等奖。以董建华和何厚铧，暗喻一个国家两种政治制度，促进的是经济。诗歌创作的实践证明：诗的创作是需要发挥想象力的，不是为了"变形"而"变形"，而是为了更好地"传神"。此诗以典型的"白话诗"类型，叙述了特殊的时代。因此，"新诗"是"白话诗"的发展，其诞生离不开古诗词。古诗是白话诗的基础，更是新诗的先驱。

新诗的新生。1928 年至 1937 年，有了以徐志摩、闻一多为代表的新月派，有了以李金发为代表的象征派，还有了冯至的抒情诗和鲁迅的散文诗。中国新诗可以骄傲地说，自己已经进入了成熟型的时代，即进入了一个新的历史时期。在这个时期里，诗歌呈现出两种不同的发展方向：一是"大众化（非诗化）"的革命诗歌的活跃，一是"贵族化（纯诗化）"的现代派诗歌的崛起。诗是最高深的语言艺术，它对于语言运用中种种细腻微小的差别表现得更为敏感，请看徐志摩的《再别康桥》的第一节：

轻轻的我走了，
正如我轻轻的来；
我轻轻的招手，
作别西天的云彩。

诗中把"轻轻的"提前，不说"我轻轻的走了"，偏说"轻轻的我走了"，不说"我来去都是轻轻的"，偏要分成两句，重复一下"轻轻的"。这种特殊的句式和语序难道不是相当传神地披露了诗人对于"康桥（即剑桥）"的惜别之情吗？仅此四句诗，影响着一代又一代的新诗创作者，也包括我，它影响并牵引着我。2000年12月25日晚，这应该是一个极为平常的圣诞之夜，我在家看完电视，像往常一样，回到书房，想写些什么，但又无从下笔，我对自己说，等到明天再说吧。第二天上午，这应该是整个2000年最特别的一个上午，所有的人都在谈论河南洛阳，谈论东都商厦，谈论309条生命。夜深了，这应该是2001年前的几个不眠之夜，我习惯性地拿出笔，写出《一直在等》。

诗刊社诗人蓝野后来来信说："诗作有积极的充满忧患意识的立意。特别是《一直在等》一首，将灼人的伤心极好地表达了出来。'我已成了惊慌的洛阳'等几个句子实为佳句。"仔细想来，《一直在等》这首诗从来都没有离开过《再别康桥》。总而言之，特殊的句式和语序有着特殊的效果。

新诗的再生。中国现代诗和中国古典诗词相比，从本质上来说，诗的抒情性未变，在根本上改变的是"本体结构"。这主要表现在抒情方式上：古典诗词的抒情是通过描景，以唐代为定型；而现代诗的抒情是通过叙事。许多诗人在吸收中国古典诗歌、民歌和外国诗歌中有益营养的基础上，对新诗的表现方法和艺术形式，进行了多方面的探索，产生了现实主义、浪漫主义、象征主义多种艺术潮流，出现了自由体、新格律体、十四行诗、阶梯式诗、散文诗等多种形式，众多诗人的探索和一些杰出诗人的创新，使新诗逐步走向成熟和多元化。

说到对诗歌之诵读的培养和训练，又使我联想到了流行在日本中小学之间的一种竞赛游戏。这种游戏的名称叫作"小仓百人一首"，简称"百人一首"。说的是大约在750年前，日本藤原定家选取了自天智天皇至顺德天皇之570多年间的100位著名歌人的作品，每人一首，共计100首和歌。直到现代，日本的中小学仍训练学生们利用暑假期间，对这百首和歌背诵熟记，到了新年期间就举行盛大的"百人一首"竞赛游戏。与日本相比，我实在为我们这个曾经以诗自豪的古老的中国感到惭愧。我们现在春节等节日中所流行的室内游戏，则是千篇一律的麻将、扑克，也许还该加上网络游戏，却没有一项如日本之"百人一首"等寓文化教育于娱乐的，足以培养青少年对祖国诗歌传统之学习兴趣的游戏项目。其实，如果与日本相比较，中国的诗歌不仅历史更悠久，数量更丰富，而且就内容而言，中国的诗歌"言志"之传统所引发出来的情意，较之日本和歌之一般只吟咏景物山川与离别相惜之即兴式的短歌要深刻得多。更何况中国诗歌具有明显的韵脚，也较之无韵的日本诗歌更易于背读和吟诵。况且中国诗歌透过韵律所传达出来的感发力量，也较之日本诗歌更为强劲。可是我们竟然没有一种重视诗歌之宝贵传统的教学方法和普及办法，这实在是极值得我们深思反省的一个重大问题。

当然，值得庆幸的是，由河北电视台打造的《中华好诗词》节目于10月19日开播，每周六播放一期，是一个不错的尝试，建议大家看看。节目组以大力弘扬中国传统诗词文化为宗旨，集娱乐性和知识性于一体，运用闯关、益智、综艺等电视包装手法，通过寓教于乐的轻松形式，打造出一档广大观众喜闻乐见的优质节目。它非常值得大家观赏和参与进去。

回到古典诗与新诗中来，我始终认为，古典诗词对新诗永远是一种映照。激励和鞭策新诗的是一股未曾分裂的充沛的元气。它的令人炫目的光亮，在令我们惊讶的同时，也令我们对新诗的生命力产生了赞叹、赞美之情。我永远怀念我在县委办公室20

年间行云流水般吟咏李白诗歌的日子。"君不见,黄河之水天上来,奔流到海不复回。君不见,高堂明镜悲白发,朝如青丝暮成雪。人生得意须尽欢,莫使金樽空对月。天生我材必有用,千金散尽还复来。"是这些大气磅礴的诗句,激励着我,引领着我,何谓永恒,何谓诗歌,使我生活着,热爱着。李诗已潜入我的生命,成为我精神世界的守护者,它永远悄悄地站在我身后,看着我写出第一部诗集《一直在等》,又看着我写出一切。

诗是艺术的精华。德国哲学家康德说:"在一切艺术之中占首位的是诗。"诗是最古老的文学样式,早在盛唐时代,李白和杜甫就唱出了人们心头的喜怒和悲欢。诗又是最普遍的艺术,它重在抒情,并以自己的这一特性深刻地影响着其他的文学样式。没有诗意的文学作品是枯燥无味的。

诗的语言。诗中的语言,就是其文句,不只是个别的文字与语句而已,而是要整篇连贯起来看。一切诗文,以精简为贵。而诗,则更是特别讲求用字的准确。最好的字放在最好的位置。所谓"吟安一个字,捻断数茎须",卢延让的《苦吟》中所表达的正是这个道理,最重要的是要恰到好处。当然,诗还要求达到一定的美感,所以既符合一定的美感要求,又恰到好处地准确表达,即为诗的语言的要求。论语言的直觉美和诗性快感,中国古代的诗人无人能与李白出其左右。他为杨贵妃写下"云想衣裳花想容"的诗句,极言杨贵妃的衣饰和容貌之美。而"想"字用得颇为巧妙而富有张力,用拟人、夸张和象征等艺术表现手法侧面摹写出贵妃的靓丽容颜和高贵身份。

香港浸会大学一个名叫夏南的大学生,写了一首短诗《不急》,我给大家念念原诗:我想变成天边那朵白云/用尽整日晴天

/只从左边/移到右边。全诗短短四句,布局看似简单,但诗的基调却很深邃,既有"天真之歌"的指向,也暗合了古典诗学主张的——尽量少着字,却让诗的风流毕现于语言的意境。

2001年,我在建党80周年之际,以《一块红布》8句诗,反映了"我"从出生、结婚到生子的重要经历,原诗如下:

> 母亲把我全身一包
> 我出生了
> 母亲往新娘头上一搭
> 我结婚了
> 母亲做了一双鞋
> 我的女儿出生了
> 这是怎样的一块红布啊
> 母亲用了又用

我只想通过清冽细密的波纹,带着低调的言说,恰如其分地表达在中国共产党发展的历史长河里,一个平凡人物的幸福人生。《一块红布》即符合一定的美感要求。

诗的音韵。传统诗都有相当固定的韵式与一定的结构形态,新诗则无。但,先就音韵来讲,新诗打破了传统诗固定的韵式,但并不等于不要音韵感。事实上,音韵美正是诗的语言与散文语言的主要分水岭。这里应该使用的是"音韵美"而不是"音乐美"。因为大部分诗并不可歌,也不与乐曲配合,也无须配合。需知凡与乐曲配合的诗,其曲调愈动人则其文字之美与意义之美往往愈受曲调掩盖。今天大家能欣赏宋词元曲的文学之美,正是因为其曲谱几乎已完全亡失。而且诗与歌的要求也不同。歌由于乐曲的必然特性，往往必须反复推敲。新诗是寻求更多的变化与施展的园地。它可以开创各种新格律体以寻求新的严谨或整齐之美。诗的音韵美在于节奏感与韵律感。周杰伦是老少皆知的歌手，其演唱的歌大多数人都听不清，但歌词却极美，有一种诗歌的音韵美。《菊花台》是其演唱得较为清晰的一首歌：

你的泪光柔弱中带伤
惨白的月弯弯勾住过往
夜太漫长凝结成了霜
是谁在阁楼上冰冷的绝望

雨轻轻弹朱红色的窗
我一生在纸上被风吹乱
梦在远方化成一缕香
随风飘散你的模样

方文山的作词可谓精彩绝伦，词风婉转动人，含蓄哀伤，整首歌都充满了入戏的情感，感伤而动人。其意境很深，隐喻、伏笔、用典华丽自在，笔触细腻！搭配中国古典曲风，实为经典歌曲。一切节奏与韵律中重要的是其谐调使诗句及全篇脉络相通。好的诗、好的歌以及好的词，耐于诵读。至于现在大量写新诗的诗人故意排斥押韵，我个人认为，这是一种歧途。我有时甚至力求寻找一种押韵，来充实诗歌的美感。在《寻襄阳》中，我这样写道：

李白和杜甫
见到了同一个襄阳
李白带来了故乡的月光
山河仍在老杜眼里流浪

我现在越来越强烈地开始了这种追寻,力求达到诗的音韵美。

诗的气势。气势可包括气与势两项,气是一种流动运转的活力,势是力之奋发。气是任何诗或文学形式以至一切艺术作品中必不可少的;势则为抒写雄健之情者所必需的,气势两字连称则往往即以指势为多。

北国风光,千里冰封,万里雪飘。
望长城内外,惟余莽莽;大河上下,顿失滔滔。
山舞银蛇,原驰蜡象,欲与天公试比高。
须晴日,看红装素裹,分外妖娆。
江山如此多娇,引无数英雄竞折腰。
惜秦皇汉武,略输文采;唐宗宋祖,稍逊风骚。
一代天骄,成吉思汗,只识弯弓射大雕。
俱往矣,数风流人物,还看今朝。

《沁园春·雪》的情操与感怀流贯于全篇而无所滞塞,生命感、活动感和运动感跃然纸上,名篇之气韵读之即来,人人都能感受其非凡气势。

至于"势",则指是否有较强的力道令人震动。所谓气势磅礴、气势浩瀚,都是指表现出的一种雄健壮美之情景。但气势不在于篇幅的长短,"我本楚狂人,凤歌笑孔丘",李白仅此两句,不仅令我,更令湖北诗歌及诗人深感自豪。李白瞧不起一般人,但他瞧得起楚人,和楚人的浪漫性格很吻合。正是因为楚文化中狂放、浪漫的精神,让他在安陆找到了知音——屈原,所以让他由原来计划的三个月的访学,变成了在这儿长期游学。而且他一生中大量的有影响的诗作,都是在湖北创作的。

为湖北有这么一个诗仙之气,也为了学习这种气势,我曾在《与襄阳有关》中写道:

与襄阳有关的山
静卧隆中
鸡舍一样大的草庐
孵出了三国

在《长安街和水镜路》中写道:

远走他乡
我是在水镜路上
欣赏中国的
流落他乡
我是在长安街上
欣赏世界的

个人认为诗的气势还不够自由，甚至还不能自由。好在有自由的李白相随，读李白诗我感到由衷畅快。他的旷达不拘，灵动飞扬，仿佛横空出世，自由激荡的创造精神，自有一种气势。

诗的结构。新诗的结构与传统诗最大的不同在于增加了排列美这一要素。西洋传统诗虽是分行排列，但基本上是以每行的音步相同为原则，在排列上没有什么花样可变。中国传统诗如果分韵排列，会比连排美观些，韵感强些，但每首诗基本一样，并无变化。唯有新诗分行排列而且变化众多，可以充分展示排列的用心与技巧，使诗除具有诵读的音韵之美感外，更具有字形与整篇排列形式所造成的双重的视觉美感。自学写新诗以来，我一直在认真研究两行体诗，即两行一节，通篇押韵的体式。这种诗体具有不同于其他诗体的鲜明特色，简单说来，主要有这两个特点：一是就每节而言，干净利落，简洁明快；二是就全诗而言，进展迅速，格外富于跳跃性。一首诗的每一节既和全诗的其他部分有机地联系起来，又有其自身相对的独立性。不管是诗中的哪一节，也不管这一节包括多少诗行，都应该清楚而不是模糊地表明一层意思，以启发读者的联想，从而为后面章节的展开打下基础。

诗的创意。诗作自然以有独特的创意为贵，即所谓的独创性。中外的"诗心"是相通的，古今的"诗艺"是不能割断的，只要是诗歌艺术中某些带有普遍性、规律性的东西，都会被愈来愈多的诗人所掌握、所发展。诗歌是讲究"省略"艺术的。没有巧妙的、恰到好处的"省略"，就不会有美丽的、动人的诗篇。而"省略"发展到一定程度，就会出现"意象叠加"的现象。晚唐诗人温庭筠《商山早行》中有一联为人们所传诵的诗句："鸡声茅店月，人迹板桥霜。"寥寥10个字，把节气、时间、地点、景物、人物等都囊括其中，可以称得上一幅绝妙的"意象叠加"的图画。倘要拆开来，它至少可以分解为如下一组图画和镜头：五更时分，旅客闻鸡名鸣起身，走出客栈（即茅店）只见月儿未落，夜色未退，夜来桥上铺满了繁霜，诗人匆匆穿过板桥，留下了第一行清晰的足迹。2011 年 8 月，我由县委办调至审计局工作，此时我眼里和心中的审计之美是难以言表的。在寂寞与忙碌之间、在平淡与烦琐之间、在为国与为民之间，多种感情、心情和真情相互揪心又相互交心，其中的宽容、尊重、礼俗和忌讳，无不使我感动。于是，产生了我新的创意：《一生在等》。

> 构成我的世界，其实很少
> 我纠缠着数字，数字纠缠世界
> 除了数字，没有什么
>
> 许多年后，我坐在灯光下
> 我不再轻易说，除了灯光
> 没有什么，将我照亮
>
> 寂静的黑暗中，我的白发
> 更像一片雪域，照亮
> 我的一生

世界本来就是由数字构成的，我们每一个人都是由一串数字来定义我们的生死、荣辱、悲欢。这样写，把审计干部一生奉献事业这一意象和夜色灯光、寒冬雪色的另一意象叠加起来，形成自发的表现效果。真实的感情发自内心，出自肺腑，用不着过多地修饰和形容，否则反而会掩盖了感情的本来面貌。诗歌表现的是"典型环境中的典型情绪"，感受和情绪应该达到"典型"的高度，只有这样，诗作才具有一定的代表性。因此，我萌生了为审计出版一部诗集的念头，"审计生活""审计风暴""审计人生""审计如雪""审计另有一种美""审计梦""最美的力量""天上襄阳"8卷诗，记录着审计干部的真实生活，执守着对土地、对人生、对内心、对家乡、对幸福的思考。该诗集也成为全国第一部反映审计人的工作和生活的新诗集。创意来自真情实感，来自典型环境中的审计工作者的情绪。

诗是真、善、美的统一，它永远追求生活真实和艺术真实，唤起人们的善良感情，自觉地陶冶和净化人们的心灵。

其实，诗歌并未远离我们。由上海交大学子策划组织，共青团中央、全国学联指导，以上海交大团委和研究生会微博为平台的2014年全球华语大学生短诗大赛，全球828所高校的青年学子咏诗、赛诗，短诗大赛的征集持续了2个月，收到6528篇参赛作品，微博晒诗吸引了3000万人共赏。与其说短诗大赛在全球大学生中掀起了一股诗歌热潮，不如说，一个小契机引燃了年轻人心中的诗情诗意。一个人的黄金时代，也许就是心里还有诗歌的时代。

拿下特等奖的《过故人庄》被称为现代版"乡愁"，得到了网友和专业评委的一致好评。作者为湖北美术学院的彭彪，原诗如下：

我在外面流浪，回来时
故乡瘦了一圈——
墩子叔走了，门前的池水

干了一半

屋后驼背的柳树
头发散落了一地，
老房子蹲在坟边，屋顶的白云
仍在风中奔跑

  整首诗结构紧凑，意蕴丰沛，用词节奏洗练，犹如一幅新人文画，寥寥几笔，用心刻画意象，把悲悯与忧思藏在留白处，可回味，有张力。鉴于此，首先就来谈谈诗的境界。
  诗的境界。在作者写下作品的时候，其全部修养与学问所能达到的境地，就是境界。所以，"境界"就是作者的人格特质与品格高下的展现。其优者境界高尚，反之，境界低下则自然不能为佳。美而又符合善之要求的，即境界之高格。故凡发扬仁义、展现良心、批判暴政恶行、表现民生疾苦、歌唱温柔的爱情、赞颂山川之美、表达对故乡的怀念，感慨人类对人类及万物与地球的摧残、为世界播撒温暖与同情的，则均为境界高尚。同属表现重大事件和题材的作品，既有气势磅礴、境界阔大之作，也有捉襟见肘、"画虎不成反类犬"式的作品。明白了以上所说的道理，作为诗人，就可以扬长避短、别出心裁；作为读者，也就不必强人所难，不分青红皂白地去苛求诗人了。2014年8月3日16时30分，云南省昭通市鲁甸县发生了6.5级地震，震源深度12千米。地震造成108.84万人受灾，617人死亡，112人失踪。地震过后，我看到一篇报道，鲁甸人民靠种花椒继续平静地生活。花椒是为数不多的几种适合鲁甸山区种植的作物之一，其收益也是最高的。它与玉米相比，1亩地要多收入三四千块钱，村民种花椒，每户每年的毛收入在1万元到5万元之间。由感而发，由景生情，我写了一首《花椒》，原诗如下：

一粒花椒让我想起鲁甸
那一片平静的花椒

耐心成长的花椒树
在地震之前成熟

地动山摇后的清晨
漫山散发着浓烈的香气

滑坡不等人
种花椒的山等人

劫后余生的花椒
延续着人们生活的念想

余震时断时续
花椒依然平静地挂在树上

几度生离死别后
鲁甸的青山依旧

平静的花椒

越来越多地晾晒在山坡上

  这首诗就像一副创伤药，略作点染就境界即来。全诗从"平静"一词着眼，写出了震前震后的鲁甸人民，以平静的心态生活着。其目的是使读者"由花椒及人"，联想到勤劳能干的灾后人民，从而使诗行增添一分抒情的色彩。

  诗的情操。情操就是诗中包含与表达的感情，事实上就是感情与思想的融合，即"情"与"志"的融合。感情是可贵的，但如果感情没有依托，不能通过想象使其具体化、形象化，那就不能打动读者。想象必须与感情携手，才能出现成功的艺术品。凡对真、善、美、圣的寻求，对纯情的执着，对正义与正直的坚持，对罪恶的愤怒，对生命的喜悦，对亡故的哀伤，对国家民族复兴的祈愿，对众生忧患的悲悯都是优美的情操。不同的诗歌，对于构思有不同的要求。有一类抒情诗，侧重于对某些生活场景的描绘。今年年初，我在参加审计干部的新春春训时，写了一首名为《春训》的诗：

我想醒得更高
更早，我听出了
清晨的一半是寂静
一半是温暖

审计
本该让一页页的数字

更加沉静
清晨在会议室听了一下

只一下
它就跳动起来
甚至趁机
回荡在崭新的每一天

那蠢蠢欲动的样子
多像春天刚诞生的一部分

  这里既没有对春训做全面的阐述，也没有详尽地复述春训的任何一个环节，而是用"春天刚诞生的一部分"勾勒了审计干部春训时的鲜明的形象。这就是"小处着墨"的功效，其中也就是选择独特的角度的问题，只不过这个角度不是"审计项目""培训内容"之类的，而是启动感情潮水的闸门。这类诗中有的还有一些简单的情节和人物的投影，前面提到的《一块红布》一诗也是如此。这类诗在构思时要求以小见大、虚实结合，以有限的形象和场景包含尽可能深广的意蕴和丰富的情思。

  诗的感怀。感怀即感触于怀，感受于心怀。凡诗不能无感，有感乃有情，有感乃有景。诗的一切景象乃为情之所寄而设，情则因感而生。感情以深锐为贵，有深入而敏锐的感触，又能做良好的表达，则总能使阅读者有深入的感动。虽有高尚的境界，优美的情操，但如果没有能触动人的神经的感触作为导引，则往往只是平凡的铺陈。如果感怀浮泛，则虽有花言巧语，亦不过像一张还算可看的广告,令人看一眼即可丢开。其实,我们需要真正明确诗人的责任和诗歌在当下的作用,并且能作为这个时代有良知的诗人开始行动起来。这件事有一个重要的前提,就是我们必须对自己生活的这个时代有一种清醒的感怀。在当下,诗歌无疑已经包含着某种信仰的力量,它既是我们与自然进行沟通的桥梁,也是我们让生命拥有意义的途径。在一个物质主义盛行的时代,诗歌必然会闪现出更加灿烂的精神光芒。我有一首描写《金银花》的诗,原诗照录如下:

金银花始终在土里
沉默不语
憋一口气

金银花开一种花
刚开银白
长开金黄

金银花开一次花
花开花落
花落花在

金银花最终在人间
金若父母
银如子女

金银花再次绽开
水开花开
世界也开

金银花的那一口气
就从这里
这样出来

全诗不长，将金银花从种到开，再到最后入茶的过程表现出来。《金银花》实际上道出了一生奉献的人类的精神风貌。我由此诗产生了2014年的新的感怀，并力求写出100种花，出版新的诗集。

诗的形象。"诗要形象思维"，这是很重要的基本认识。所谓"诗中有画"，其实也就是要求有具体的形象感，使人读后感觉如有一幅画面浮现于眼前。我国宋代的郭思在总结绘画创作的《林泉高致》中说："诗是无形画，画是有形诗。"这类说法揭示了诗歌艺术的某些特征，含有不少合理的成分。正因为诗和画存在着共同的、相近的一面，所以我国古代艺术家常常喜欢在艺术创作中把两者糅合和交融起来。画了一幅画，再在画上题写一首诗，即所谓"题画诗"，如清代郑板桥爱画竹，得到人们的普遍赞赏，同时他又写过这么一首《题画竹诗》："四十年来画竹枝，日间挥写夜间思，冗繁削尽留清瘦，画到生时是熟时。"这首诗也和他的画一样有名。即使在我们身边也不乏杰出者，高山嵩、孙进等在诗、画上都是很有建树的代表。2012年，我到审计局后的第二年，专门邀请县内的书法名家，举办了一次审计书法笔会，其目的在于抒发情感。我为每名审计干部量身定制了审计警言警句，"道本天成，立之于行"

"品贵如山，德清自高""实事为明，求是即亮"……我希望借大师之笔，时刻警醒每一名审计人。同时，配以梅、兰、竹、菊画作，悬挂于每个办公室，让审计干部有一种"意在笔先，耳在眼先"的冲动感觉。现在，审计干部书画警句已成为全局中的一道亮丽的风景线。随着艺术的发展和认识的深化，人们发觉诗和画还是各具特性，不能完全混同的。且不谈直抒胸臆的抒情诗，指摘时弊的讽刺诗等品种，只看景物诗，山水诗，其中的"画"也有别于绘画艺术中的画，试看我的另一首诗：

《牡丹花》
远远近近的牡丹花
像天地间一幅国画

适时的雨珠借助春风
把黎明的牡丹惊醒

眼睛一样睁着的花朵
是这幅画的部分内容

一只鸟越过一棵古树
落在牡丹的根部

留下潮湿的痕迹
是这幅画的第一个落款

突然转向的一只鸟
倾斜的身体被花朵映亮

让我看不清花的背后
一只鸟究竟有多么幸福

远远近近的一只鸟
是这幅画的部分情调

春天在微痛中倾听
夏天在光芒中苏醒

  这首诗的目的就是想达到画的效果,想一边把读者的视线引向画面,一边又启发读者的想象,从中烘托出一种牡丹与小鸟浑然一体,雨珠与古树交相辉映的画面。可见,诗可以如画,诗中可以有画,但诗中之"画"毕竟不同于绘画中的"画"。联系到《牡丹花》这首诗来说,关于诗和画,我总结出以下三点:一是诗固然可以表现那些在空间中并列的物体,但最拿手的还是表现在时间上先后承续的动作。像"适时的雨珠借助春风,把黎明的牡丹惊醒"这样连续的动作,很难用一幅画来表现,但写入诗中就可以了。二是诗中的形象既可以"实写",也可以"虚写",甚至变形、叠加、转化等都无所不可。像"越过""转向"都是通过客观形象的叠加和转化,表达一种在绘画艺术中难以表达的诗意和美感。三是诗是供人阅读的,可以读出声音来,绘画则是无声的。电影中运用蒙太奇手法后能够产生的效果,其公式是:

1个镜头加1个镜头大于2个镜头,这也就是说不同的镜头一经组接,就会产生质的变化,其容量将大大超过这些镜头孤立存在时的容量。《牡丹花》的情况正是如此,做空间并列的理解也好,做时间承续的理解也好,由"牡丹花""小鸟""古树""雨珠"组成的总画面还是有耐人寻味之处的。

第五,诗的风味。风味两字可以分开来看,即风格和韵味。诗的风格与韵味,合起来也就是一首诗的主要风味之所在。风味也可说是一首诗能否具有魅力的主要决定因素。风味把作者的气质与心理学上广义的人格作为主要形成因素。当然也会受到时代、环境、所处社会的政治与制度以及所接触的精神上的运动等的影响。古代诗人和新诗人对于诗歌艺术规律的见解还是有某些相通之处。古人十分重视"炼意",他们主张"意在笔先",也很强调"炼字",常常苦心推敲。杜甫写诗,自称"语不惊人死不休";白居易写诗,也常在语言文字上经过一番"点窜涂抹"才定稿。李白的诗风,打破诗歌创作的固有格式,空无依傍,笔法多端,达到了任意随性而变幻莫测、摇曳多姿的神奇境界。李白的绝句自然明快,飘逸潇洒,能以简洁明快的语言表达无尽的情思。自写诗以来,我一直在追求一种言简意繁的诗风,包括两行体。我始终在探索中、尝试中。再举出我的另一首诗《襄阳紫薇》来看一看:

给自己指出一条市花的路
另一条是历代诗人咏出的

我怀疑紫薇花是襄阳的雪
像带着千年才有的风情

心里面有一点点痒
痒在哪里说不清楚

只弄紫薇郎和紫薇翁
没有羽翅只有飞翔

阳光将一条枝干照亮
唐朝的花抚平所有的皱褶

将一小朵红投入百日红
观花观干观根观日月

看不清的秘密像紫薇烂漫
夏逾秋序心里还痒

紫薇花是襄阳的市花，历代诗人有咏紫薇的名句。紫薇又有百日红的俗称，痒痒树之别名。我想把历代名人的"痒"带入新诗的境界和天地里，也带入新的襄阳。

中国台湾著名诗人余光中曾在《寻李白》一诗中写道："酒入豪肠，七月酿成了月光；余下的三分啸成剑气，绣口一吐就半个盛唐。"我最初和最终蒙受的神恩来自中国历代大师。其中我最感恩的诗人就是李白。

（此文2020年4月3日刊于"中国作家网"）

第四辑

初心之旅

回茅坪

从县城离开,小车一路狂奔。风将路旁凋零的树枝摇动,把地上的灰尘卷成玫瑰色的旋风。远处,群山沉睡,雾霭弥漫,初春的雾,像少女一般害羞。河流、山川、树木以及蓝天,构成的静谧的龙门水库,栖息在二月温和的早晨。隐隐约约的阳光,总是那么友善地如影相随。白色的路径,相互交叉并远去,在谷地和山峦中,我又回到了散落茅坪的柳林之家。

在南漳的版图上,茅坪不过是一个只有27平方公里的小地方,它却是荆山丛中的一块钟灵毓秀、不可多得的风水宝地。中南六省第一银杏树,群峰竞举,荆山独秀;将军石的传说,沿着一条洞河奔流不止;老龙洞的神奇,被一座柳林染成了金黄。这就是湖北省南漳县的李庙镇,一个让我魂牵梦萦的地方。

新春后的第一个驻村日,车子习惯性地开进了这片柳树林。那条轻轻流淌的洞河,如碎落的白银,像明镜一样闪光。灰色的枝条,透着春的气息,在空中摇曳,在水中舞蹈。洁净的文化广场,与农舍,与平静的村庄,与山野的芳香为伴。成片成片的艾蒿、干草的热情笼罩着秀丽的农田。

"新年好!"村书记王要东的一句问候,让我的思绪一下子回到了村委会。

"你们今天来得巧,天晴了。"我们就这样打开了关于村子的话题。一脸饱经风霜的村书记,两眼透着精明和灵气,他不等我们开口,就开始向我们谈起了规划:"今年继续按照'做优艾蒿,做强香菇,做活产业'的思路,稳步推进村里的发展。村集体经济这块,我们计划扩大香菇规模,搞到10万袋,光伏发电、农家乐、艾蒿、旅游等产业项目,加强管理,分类推进,使得农户收入相对稳定;农户这块,继续鼓励农户发展养猪、养羊和养牛产业。"看着他一脸的自豪,我们也感到很高兴。同行的工作队队长邹官权喝了一口茶,显得有些激动,看了看大家,缓了缓,说:"王书记,我们也进行了商议,总感觉村集体这一块,相对稳定了。但是村民这一块,总感觉还是底气不足,产业不明。"小小的村委会里,七八个人顿时陷入了沉思,一时间面面相觑。

"我们今天过来,主要是想和大家商量一下,局党组研究后,决定支持村级和农户种植发展梨树,由局里负责购买树苗。全村动员,鼓励农户,房前屋后广泛种植,艾蒿田间套着种,山林荒坡大力种……""好啊!好啊!这个办法好。"没等邹官权说完,王书记就兴奋地站了起来。一屋子的人也随即打开了话题:"茅坪荒地多,应该种。""艾蒿田里套种,这个办法好。""路边也可以种。""把茅坪打造成果树村。""把茅坪建成美丽乡村。"话题越来越多,声音也越来越响。

我走到窗前,望着村委会背后的易迁户,一副新春对联格外耀眼:"幸福都是奋斗出来的,梦想总是可以实现的。"它们像两张笑脸,在淡淡的阳光下,显得格外亲切。

简单吃过午饭，我们几个早已商定，下午到村里转转，找几个农户谈谈，了解一下村民的意见。

午饭时间，茅坪山水，处处起炊烟。村庄里的炊烟，在正午的晴朗下，表现了山村的宁静。如果你注意听，那炊烟中有狗的叫声，有鸡鸣的回响，有鸟雀的嬉戏……当然，你最好是仔细地看，看着，看着，在洞河上下，便看出了故事。

太阳驱散了薄雾，为茅坪的远山近岭画上了多重色彩，也为洞河上下增添了无限生机。饭稻羹鱼，山腰水旁，壮阔的山脉，为村民们安放了一个又一个的人家。

宋怀成是地地道道的茅坪人，50来岁，全家4口人，家庭主要是因学致贫，女儿上大学，儿子正在读高中，全家就靠夫妇俩打点工，种点田，喂点猪，供一儿一女上学。茅坪是一个小地方，但对宋怀成来说，却是一个值得骄傲的地方。自己读过几年书，识得些字，也知道些茅坪的历史。据他讲：洞河下面确实藏有一口大钟，大钟上面详细记载了将军石的故事，只是在"文革"时期，不知是谁将它埋在了何处？其间的玄妙，在他看来是神乎其神的。其实，我也详细了解过县志专家和学者。据《古代荆楚地理新探》载录："荆山（主峰）地望都是在今南漳县西北80里左右处……古漳水（今清凉河）的上源之一就在今南漳县西北八九十里的老龙洞附近的山峰，今名将军石，海拔1046米。"据史料记载，老龙洞、将军石一带是楚国早期首领熊绎受封时期的荆山丹阳遗址所在地。这里森林茂密，植被完好，被誉为"荆山地区的物种基因库"。历史上就是"蚕叶丝，蜂酿蜜，有木耳，有生漆"的"金南漳"的缩影，素有"小桃源"之美称。如此，这里便确实带了些神秘的色彩。

过洞河，沿拦水坝走进一条羊肠小道，迎面而来的是一片油菜地，油绿油绿的，正待开花，仿佛也正在等着我们的到来。

宋怀成的家就在将军石的脚下。院子、门庭、窗几，皆整洁有序。门前的甬道两边是用石头砌出隔开的菜园子，一朵一朵的白菜趴在暖洋洋的地里，像一个个张着嘴、做着梦的孩子。菜园子靠外墙的一角围成独立的猪圈、鸡舍之类的用地。一条纯色的小黄狗，见我们进来，欢快地跑了过来，伸长了脖子在我们脚下不停地拱，时不时地"汪汪"地叫着。宋怀成很快便迎了出来，一进门，路过宽敞的客厅，便把我们带进一间小屋。屋子里很暖和，柴火炉上的热水壶正冒着热气，电视里在播放着《情满四合院》。我就羡慕农村人这样的生活，一家人围坐在火炉边，喝喝茶，聊聊天，看看电视，胜过漫步庭宇。

坐定之后，我们聊起了今年的打算，宋怀成一边给我们泡茶，一边不紧不慢地说："今年春节有点造业，老婆住院，团年饭都是我搞的。不过，去年收入还不错，卖了两头猪，搞了五六千块，打工挣了万把多块，还有艾蒿、花生搞了几千块，加起来也有两万块。现在国家政策这么好，老婆住院又不花钱。女儿也快毕业了，负担也相对少点。"没等我们问话，宋怀成就一个劲地给我们算账。后来才知道，宋怀成的老婆年前因青光眼手术住院治疗，一家人的团年饭就在医院里吃的，如今，两个孩子也都相继去上学了。我们把种梨树的想法向他一说，他非常兴奋，激动地说："那太好了，我把两亩多的艾蒿地套种梨树，就是卖不出去，也有梨子吃了。"炉子里的水又开了，宋怀成不断地给我们加水，不停地留我们在家吃饭。

从屋子里出来，正午的阳光迎面洒来，全身暖烘烘的。房子的一侧堆着柴火，整整齐齐的，摆了半墙多高，在阳光中慢慢丰满起来，仿佛冒着热腾腾的气息。

宋姓在茅坪是大姓，随便走进一家，可能主人就姓宋。从宋怀成家往上走几十步，据宋怀成介绍，是他的一个堂弟家，叫宋怀中，非贫困户。在阳光中往宋怀中家走，白石条铺就的山路，更加明亮，坚实如大山的脊梁。山道两边树木林立，翠竹涌动，灰枝或绿影细看如国画山水。

一户门前坐着一个中年妇人，微胖，一件花袄格外抢眼，笑着望着我们过来。"你姓宋吗？""我姓张，男人姓宋。""家里几口人？""六口人。""你家是贫困户吗？""不是。""家里收入靠什么？""打工、养猪、养羊、种核桃，啥都搞。""对工作队和村委会有啥意见？""希望政府能把路修到门前。""想不想致富？""谁不想。""我们提供梨树苗，你愿意种吗？""种，种，种！"她的眼睛一下子亮了，坐直了身子，叫我们坐，叫我们喝茶，叫我们留下来吃晚饭。

返回洞河，沿河一路向东，山送一程，水送一程。我就爱在洞河边上走，两岸满绿时爱，一河写意时也爱。路边的野草上，还有昨天的雨水，显得分外洁净。

远远看见宋怀明家门前停着一辆小货车，几个人正忙碌着。一条熟悉的大黑狗，在门前晃来晃去。门前院落，台上台下，铺满香菇，像一群群麻雀在阳光下栖息。

五年前，我第一次到宋怀明家，他的老伴卧病在床，女儿远嫁外地，一个智障儿子成天在村里村外游荡，三间土坯房，几近倒塌，是典型的贫困户。我主动认领包保宋怀明，在得知他以前帮别人管理过菌棚后，就多次主动上门鼓励他发展袋料菌，帮他筹钱，找技术人员进行辅导。最近两年，宋怀明家的香菇收入越来越稳定，形势越来越好，也重新盖起了新房。现在，他家已经成了全村第一个香菇种植大户。见我们过来，宋怀明激动不已，赶紧拉我们进屋。满屋的香菇，袋装的、待晒的、精选的、晒干的，应有尽有。两位经销人员正在回收装车，只听"哗"的一声，干菇撒了一地，大家赶紧跑过去，我也上前帮忙收拾，有的拿盆，有的拿桶，兴高采烈地在门前翻腾着、寻找着。

站在宋怀明家，我有所感叹。一个贫困户，一个普普通通的农民，近60岁的人，貌不惊人，语不惊人，靠自己的勤劳，硬是让这个家走出了困境。"去年收入咋样？"宋怀明答非所问："今年又点种了一万五千袋，香菇市场越来越好了。"

走出宋怀明家，豁然达到新境界，最让人感动的倒不是满屋的香菇，而是家对面、河对岸的山脚下，那一字排开的、一溜儿的香菇大棚。大棚里似水似雾，盈盈欲燃，如毯如瀑，隐而不露。绿与白，光与气，仿佛互为因果，气贯山野。

我们来到一片易迁点，家家新户，门门新对，仿佛深山里的一处琼楼玉阁。易迁改变了山村的面貌，但没有改变山村的风俗。刚进小区，一位年近50岁的大哥热情地向我们打招呼："欢迎欢迎，来进屋坐坐吧。"在和他的聊天中，我们得知他叫王理兴。他说，自从搬到这里后，空气也变好了，我也有活做了，有了收入，生活有了很大的改善。感谢党的好政策，让我们的茅坪越来越美。最后，他还不停地留我们吃晚饭。

听说我们想见见在易迁点居住的五保老人赵耀付后，他说："我带你们去，就在前面。"我们来到赵耀付家，还没进门，大哥便高声喊道："老赵，来客人了！"

在易迁点的中央，晒着太阳的赵耀付麻利地起身迎接，"请坐、请坐。稀客，稀客。"老人高兴得像一个孩子，我们被一双粗糙有力的手拉进屋。

"身体咋样？今年高寿啊？"

"别看我快70岁了，照样能干活。"

"对易迁点还有什么意见和建议？"

"大家都反映，感谢村委会给我们规划了菜园，盖了公厕，就是还想每家能搞个猪圈，就太好了。"

回村的路上，大家建议到易迁点的后山上看一看，看能否为村民们选个养猪的地方，也顺便看看茅坪的景色。

沿着山腰的一条似沟非沟，似路非路的路沟上去，周围杂草丛生，灌木遍及。无路登山，便处处皆可见路，处处带着自然的山水味道。越往上走，树木越多，亭亭如盖，翠色欲滴。终于寻得一处开阔地，在一个篮球场大小的空地上，隐隐约约地能看出田地的轮廓，藏于山沟之间。大大小小的几个水洼，在夕阳的余晖下泛着红光。我们不约而同地喊道："好地方。"

站在山腰处，望见茅坪村外，就是奔流不息的洞河。村子右边，是成排成排的香菇大棚，再往右边，是大片大片种着庄稼的土地；村子左边，是错落有致的茅坪人家，再往左边，是80千瓦的光伏发电基地；对面山上，则是一簇一簇的核桃树，再放眼望去，就是那棵著名的银杏树了。

返回的途中，我们遇到了村里的10万袋香菇基地。一台粉末机在木屑中飞驰，堆在路边的菇袋一层一层的，像堆砌的石墙，更像一座菇城。只见几位大姐在装袋现场来来回回地穿梭，见我们路过，时不时打个招呼，问个好。

茅坪人实诚，爱打招呼，言谈之间亦有待客的淡雅亲和。生在这里劳作耕种的，也都是极有亲和力的人。天色将晚，寒意如丝，寂静的山野弥散着薄雾，炊烟如雾，如梦如幻。

见我们回来，村书记赶忙上前："今晚我们吃柴火炉子。"我是极乐意的，也是极向往的。穿过柳树林，走进柳林农家，走进柴火餐厅，一桌菜已经摆在眼前了。漂着油花和绿叶，散发着葱香和菜香，未动筷子已流口水。挑起腊排骨里的干豇豆，油而不滴，送到嘴里，清香可口；吃一块李庙豆腐，鲜嫩细润，暗香不断；尝一口洞河香菇，润滑筋道，余味绕舌；品一道金边土豆，一碗米饭下肚，身心酣爽，好不畅快。

静静的夜里，空荡荡的村庄里，一切都开始睡着了，散发出一缕缕山野中的纯净气息。它仿佛有一种魔法，走进去，会让人心安，让人沉静，让人久久不愿离去。

（此文首刊于 2019 年 3 月 22 日《中国审计报》周末特刊，再刊于 2019 年 4 月 5 日《楚天快报》文艺周刊，又刊于 2020 年 3 月 4 日"中国作家网"）

再回茅坪

冬去春来，茅坪在节气中醒来，苏醒在尚未展开枝叶的柳树林中，开始用微微春风，一一唤醒洞河两岸。艾蒿率先褪去老枝枯叶，仰头、舞腰，那苗条的身姿，便一排排氤氲在水田边，我很快便消失在那一阕平仄的绿色里。河间的山坡被桃花加冕之后，就成了桃花岛，未曾打理，已是粉红羞面，夭夭倾河。叫不出名字的花、叫不上名字的树、叫不了名字的草，成片成片的红花绿叶，如歌舞般陆续登上山村的舞台。

初春时节，油菜花遍地开放，像一大群孩子欢快地涌了出来，连梯带田，你追我赶，每一片花都自带光芒。大地透亮，如一幅黄色的画卷。山水南漳，却因一场疫情，使油菜花成了这个春天令人向往的地方。疫情稍好，我们便商议到茅坪村调查走访，想改变过去只扶资金的做法，把扶产业与扶资金结合起来，长项目和短项目结合起来。长项目坚持香菇，发展不放松；短项目扶持鸡苗，发展养殖。解封后，再次回到茅坪，我以驻村队员的身份去走访了贫困户，了解帮扶户家中产业的发展情况。那时，我的整个人已带着几分乡野气息了。

茅坪的太阳，干净明亮，给人一种暖暖的感觉。山下，10万袋香菇大棚在藏青色的山峦和一望无际的田地间铺开，几个民工游走在大棚间，有说有笑，时不时地向路边的行人招呼一声。挨着大棚的是一片菜地，那是易迁户的菜篮子。从冬往春的时节，村民们会在那里种下土豆、莴笋、韭菜、黄瓜。绿油油的蔬菜在阳光下生出一道道波浪，青菜向旷野举起长长的叶子，那蓬蓬勃勃的莴笋，就像一个浓缩的春天。

我看到村边的易迁点。整齐划一的易迁房，两排灰白的建筑一溜儿摆开，不大的门楣上，新春的对联清晰可见。厨房后面冒出一缕缕炊烟，山村气息瞬间活跃起来。易迁新点，农田环绕，青山衬托，绿水相伴，宽敞养眼。点上的住户大都是五保户，国家养着，吃喝不愁，身体好的还可以在村里的香菇合作社打工挣些零用钱，日子大多过得自在。在郑光亮家，两口子正在吃饭，见我们到来，赶紧起身、让座、泡茶，我还没来得及问，他们便向我道出了今年的打算："今年打算种两株天麻、发展一亩魔芋，还打算在亲戚家养50只鸡，就是不知道在哪儿买鸡苗？""鸡苗我们负责购买，免费提供给你们。但你们必须保证成活率？"我似问非问。"可以，可以，我们可以向村里交点保证金，保证好好喂养。谢谢！谢谢！"

贫困户宋怀明住在路上边，路下边是他的1万袋香菇大棚，他是村里第一个发展香菇大棚的人，还种了些木耳。这些年，他不仅靠种香菇脱了贫，还盖上了楼房。见我们到来，宋怀明丢下手里的活，搬出几把椅子，和我们拉起了家常。"今年受疫情影响，香菇不是很景气，也因为身体原因，不想搞了，只想养几箱蜂子算了。"听上去老宋有些泄气。村书记王要东赶紧道："不搞了,今年的产业资金就没有了。""去年的产业资金都没有收到。"宋怀明的女儿补充了一句。"不可能,我马上叫村里查。"王书记据理力争。"疫情对各行各业都有影响,香菇是我们南漳重点发展的产业,前景好,你家刚脱贫,没有产业,很容易返贫。国家现在政策这么好,发展产业,还给奖补资金,何乐而不为。"我选择合适的时机向老宋解释:"今年,局里决定免费为每个贫困户提供鸡苗,帮助你们发展养殖业。"宋怀明坐在门槛上,用手抓了抓头,疑惑地问:"真的吗?""千真万确,今天工作队队员就是专门来做统计,马上回去购买鸡苗,帮助我们发展。另外,发展香菇你有经验,你说身体不行,可以少搞点,争取拿个奖补。"王书记插话说,"那行,我再搞5000袋香菇,想在旧房子再养100只鸡。"不知什么时候院里已经围了一大群人,大家听说我们提供鸡苗,兴奋不已,七嘴八舌地说起来:"我要50只。""我要100只"……

　　回村路上,村书记王要东接到老宋女儿的电话,说去年的奖补资金查到了,说今年还要种香菇、养鸡。

　　再回茅坪,已是暮春,油菜花开过了,春风把柳树林彻底换了一层颜色。晨阳,柳枝借了春的点化,柳树长成了一个巨大的背影,像阳光洒下的满地惊喜。回到柳林广场,此刻,我已然成了地地道道的贩鸡苗的茅坪人,1500只鸡苗像一车渴望飞翔的小鸟,叽叽喳喳等待放飞。

　　柳树林是茅坪的天然舞台,忙时是道谷场,闲时是广场,它已成为茅坪人生活的驿站。我坐在车上,远望柳树林。蓝天在这里被遮去,洞河向前方流淌,漫漫河水递接盈盈波光。正午,阳光透过浓密的柳树,照在人声鼎沸的广场。山城繁闹的时刻开始了。正在觅食的鸡见到车子过来，仿佛受到惊扰，四散飞跃，扑——扑——，立刻躲到了树上、屋上、山石上。来了，来了，一大群满头大汗的孩子，拍着手，撒着欢地叫着。广场上早已聚集了不少村民，他们在柳树林聊天。老人们手指一指，为后生们指引着讯息，为往来的闲人们指点门户。今天，这里却成了发放鸡苗的场地，气氛一下子活跃起来。村书记王要东首先发话："大家不要急，一个一个来，一箱鸡苗25只，50只配一袋饲料，一袋药。大家自行协调，回去后按量分配。鸡苗领回去后，把箱子送回来，见箱子发饲料和药。我念到谁，谁来领。""秦文宽，50只。""郑光亮，50只。""宋怀成，100只。""鲁德华，50只。""符志华，50只。"……

鸡苗纷纷被拉走，箱子慢慢被还回来。"我家50只鸡要多大的房间？""鸡苗养多少天才能放出来？""听说晚上还要给鸡苗照明，要多大灯泡？""除了喂饲料，还喂什么？""鸡苗真大，好养。""我还想要50只，还有吗？"现场或咨询、或答询、或疑虑、或高兴。此时，柳树林更加接近乡村的屋檐，更加接近乡村生活，一切都悄悄融入自然。

茅坪渐渐静下来，柳林落下布景，一片片叶子接受阳光的洗礼。鸡群很快又飞来了，三五成群，在这里觅食，在那里斗乐，在柳树林留下无数灵动而闪烁的身影。

（此文首刊于2020年7月24日《中国审计报》周末特刊，又刊于2020年9月17日"中国作家网"）

初心之旅

6月中旬的一天,南漳县审计局全体人员驱车两个小时,翻山越岭近80公里,深入该县东巩镇大道村,与大道村党员干部一起开展6月份支部主题党日活动。审计人与村里人一起,共同举办"不忘初心、牢记使命"主题教育,感知大道村的发展活力,寻找乡村振兴的动力。

一

东巩镇大道村辖四个村民小组,417户,151人,全村耕地面积1834亩,全村党员46人,2019年被列为软弱涣散基层党组织。与大道村结缘,缘于县审计局的党建包保活动。

6月初,为深入了解大道村情况,局党组一班人已先行入村。他们和村委一班人等深入项目现场、基地一线,踏寻村迹,找寻门路。初进大道,记忆犹新,狭小的村委会,被挤在公路两旁的高楼民房中,占地还不到20平方米。三层楼的群众服务中心,让人头痛的是便民服务大厅设在二楼,也难怪,由于地方小,一楼也只能做村卫生室。

座谈会上,大道村党支部书记鄂世亮有气无力地说道:"这么多年来,我们大道村没有单位帮扶,村里没有集体经济,也没有什么产业,支部作用发挥不大……""审计包保,是一种缘分,也是一种责任,不仅体现了党建共建的精神,更体现了党建共促的精神。"座谈会在谈话中不断升温,思路也在渐渐明朗,最后,大家一致认为,先从软硬件入手,强化党建工作,因地制宜,寻找产业门路。将村委会购买的一幢民房拆除,新建便民服务大厅,抽调专门人员,主抓党建工作。

"齐心协力抓党建,竭尽全力筹资金。"对于我们的表态,鄂世亮十分激动,高兴地说:"有了审计局的帮扶,我们今年一定能摘掉软弱涣散的牌子。"

回家的路上,副局长隆贵清提议:"6月份的支部主题党日,建议就在大道村一起召开,主题就是'不忘初心、牢记使命'。"大家一致赞同。

二

7:30,我们准时出发,晴空万里,万物蓬勃。沿着曲折的小公路,行进两个多小时后,一幅秀美的山水田园画呈现在人们眼前。这个美丽的村庄就是南漳县东巩镇大道村。放眼望去,大道村良田千亩,绿意盎然,一派生机勃勃。

我们抵达大道村时,广播里正播放着《我和我的祖国》,村里的党员已齐聚一堂,个个脸上充满着期待,朴实而自在。鄂书记握手向前,满面春风:"欢迎!欢迎!"

10：00，南漳县审计局、东巩镇大道村6月"支部主题党日"活动正式开始。"习近平总书记关于'不忘初心、牢记使命'主题教育工作的重要讲话，犹如出征的号令，拉开主题教育的大幕。今天我们与大道村的党员干部一起开展6月份支部主题党日活动，就是要求审计干部要向大道村的党员学习，学习他们吃苦耐劳、乐于奉献、勤勤恳恳为群众服务的精神；就是要求审计局每名党员与大道村的党员手牵手、心连心，把大道村当成我们自己的家，为村集体经济发展、老百姓致富奔小康献计献策。"主持人隆贵清表达了"不忘初心、牢记使命"的活动主题。

活动围绕回顾初心、党性教育、民主议事、实践锻炼4个环节展开，大家一齐唱国歌、重温入党誓词、学习习近平总书记在"不忘初心、牢记使命"主题教育工作会议上的讲话精神、观看专题片《面对面——张富清：英雄本色》、慰问大道村老党员。

谈体会感想这一环节把活动推向高潮。村里的党支部书记鄂世亮表示："要以高度的政治自觉、严肃的政治态度、饱满的政治热情投身于主题教育。下一步要以我们村级党建为支撑点，以村集体经济为乡村振兴突破口，带领群众抓党建、促振兴，使我们整个村子越来越富强。"审计干部周勇表示："开展'不忘初心、牢记使命'主题教育，表明了我们党不忘初心、重整行装再出发的鲜明态度，体现了对新时代、新使命的深刻把握。我的初心就是要把手上的事情一步一个脚印，踏踏实实地做好，以更大的热情投入到审计工作中去。"

初心是什么？使命干什么？奋斗比什么？无论是村干部还是

审计干部,仿佛都经历了一场精神洗礼,让"不忘初心、牢记使命"往深里走、往心里走、往实里走。

三

活动在《没有共产党就没有新中国》的歌声中结束。

"谢谢审计局各位领导,今天机会难得,我有一个建议,想请审计干部和我们一起开个座谈会,主要是想请你们帮我们拿一个思路。"鄂世亮的一席话,留住了所有的与会人员。

座谈会上,鄂书记首先向大家介绍了村里的基本情况,并对党组织软弱涣散村摘牌做出承诺:"压实党建责任,确保年底摘牌。村里以村财经委员为主,由村妇女委员、网格员全力配合,主抓党建工作中的软件建设;整合资金,建设便民服务大厅,作为村阵地,做到硬件达标。"

"我们村的集体经济数年来一直属于空壳,没有经济来源,如何建设?"有党员反问。

"我们可以与村里的苗木合作社和芦笋合作社合股分红,也可以与邻村的有机米合作社合作入股。"也有党员提议。

讨论热烈,气氛活跃。针对大家的讨论,联系大道村的实际情况,我也代表审计局说出了自己的想法:"县审计局开展对软弱涣散村的包保,主要体现在'两帮两带'上,即帮支部理思路,帮干部找门路;党员带头致富、带领致富。"

经过大家的讨论,最后议定,确立了大道村2019年的工作措施;通过"一改二建",建强支部,壮大集体经济。"一改二建"即,改造党员群众服务中心,新修建村四组3公里泥巴路、新增集体经济项目一个（与村内的苗木专业合作社和芦笋专业合作社合股分红），确保2019年村集体经济收入达到5万元。

骄阳似火，映面至诚。离开大道村，回望一眼村委会，先前议定的村委会旁边的一幢民房已经被拆除，低矮狭小的村委会，好像一下子宽敞多了，明亮多了。

（此文首刊于2019年6月25日《襄阳日报》，又刊于2019年7月5日《楚天快报》）

特殊培训

清明前夕,襄阳市审计干部近百人走进谷城县五山镇堰河村,参加了为期3天的"襄阳市审计局能力提升培训班"。全体学员不仅切身感受到了"生态堰河,旅游名村"的仙境世界,更领悟到了新时代高质量审计的理念和声音:责任约等于担当、吃苦就是吃香、新会计制度宣讲、信息写作……诸多新思想、新课题在堰河汇聚、流淌。

"我们就是茶马古道上的骡子马"

堰河村位于谷城县西南山区,拥有1200亩生态茶园,2010年被省委、省政府授予"湖北旅游名村"的称号,是国家AAA级旅游景区,画家梦中的"乌托邦",我们眼中的新农村。第三天的培训课有点特殊,利用"理论课+实践课"的形式,让我们体验理论与实践的结合。襄阳市局特别邀请了堰河村党委书记、村委会主任闵洪艳来授课,向大家讲述《基层党组织在乡村振兴中的作用》。然后是实践课,由村委会干部带领大家到茶园体验生活。

雨后的堰河，天清气爽，万里晴空，碧野苍苍，炊烟缕缕。走进接待中心的大会议室，看到闵书记已正襟危坐于课堂之上，一张黑黑的脸上写满真诚和执著，一双粗糙的大手紧紧握住话筒，显得有些紧张："大家好，今天给审计干部们上课，有点紧张，不知讲些什么，从哪里讲起？我就讲讲我们堰河的过去、现在和以后吧，我也不拿稿子了，随便聊，大家随便听。"一句话激起了大家的兴致，一下子把我们拉入课堂。

"我是土生土长的堰河人，小时候家里穷，也没有钱读书，高中没毕业就回家干活了。出门打工，没文化，让人看不起。回家种田，脸朝黄土背朝天，天天如此，还是穷。后来，大队看我年轻，让我做队里的会计，从那时起，我算是进入基层干部序列了，也就是从那时起，我开始琢磨起我们的堰河村……"课程从闵书记的个人经历慢慢拉开了序幕。

这是一个既接地气，又贴阳气的基层干部。他的讲话中，有满满的朴实，还带着一股泥土的芬芳。"'发展才是硬道理'，我就喜欢邓小平的这句话，想想当年发展茶叶，我们村干部3个人，个个都是茶叶贩子，跑省市、跑沿海、跑全国。可以说，堰河是贩茶叶的茶马古道，我们就是茶马古道上的骡子马。那时候，我们就只有一个念头：只要茶叶卖出去了，就高兴。大家看我的脸有多黑，告诉你们，就是年轻的时候晒的，而且现在我有一个响当当的绰号叫'闵黑子'，在我们堰河村，叫我'闵艳洪'，我可能听不见，叫我'闵黑子'。我马上答应了。"一席话引得满堂大笑。"堰河的今后怎么搞，乡村振兴怎么搞，一句话，就是让老百姓高兴。咱们的堰河村，未来要达到'四个一'的目标：一户一栋别墅、一户一部轿车、一户一个产业或一个致富带头人、一户人均存款10万元。"老闵用自己的方式、自己的语言、自己的经历,把堰河的过去、现在和未来讲得透透彻彻。大家听得甚至有些激昂,尤其是从他的话中,大家能看到堰河村的未来。相信在老闵的带领下,堰河老百姓的生活会越来越好,堰河村的发展会越来越好。

"绿水青山就是金山银山"

一个半小时的课程很快就过去了,大家迫不及待地走出课堂。一垄垄流翠飘香的生态园,一条条九曲回肠的绿色小道,一排排古朴典雅的农家宅院,一个个特色鲜明的旅游景点,似块块翡翠,如条条玉带,镶嵌缀饰在灵山秀水间。"绿水青山就是金山银山",像一双双眼睛,点染山水,闪现云端。

在村干部小张的带领下,我们沿着村中间的一座吊桥,过堰河,上茶园,到茶坛,会陆羽,进茶厂,入田园。"'绿水青山就是金山银山',我们闵书记把这句话作为课本,在大会小会上讲,天天讲。从他到任村书记以来,就提出了'经济生态化,生态经济化',大力发展茶产业的计划。通过'垃圾分类'治理,带动做活乡村旅游。如今,从80岁的老人,到8岁的小孩,都能随时随地投入到茶叶生产中来。"小张一路指引,一路向我们讲述着老闵的过往和经验。站在山顶上,沿着茶圣陆羽的指引,云雾缭绕的堰河越来越远,觉得似乎远在天边。

鳞次栉比的茶建筑,醉卧于山上的河边,茶馆、茶店、茶楼、茶庄园、茶旗、茶幌、茶广告到处都可以看到、茶招牌,这里仿佛一个茶世界。

在青山绿水间,我们走进了茶叶加工厂,几名工人在忙碌着，谈笑着。我们从一堆新采的茶叶开始观赏，了解杀青、揉碾、烘干、提香、筛选、包装等茶叶生产的全过程。成品的展示更是让大家大开眼界，各色包装、各种品牌，应有尽有，散装的、袋装的，一一呈现。"咱们堰河的茶叶，是喝牛奶长大的。带点回去尝尝。"说这话的时候，几名工人显得得意扬扬。大家经不起诱惑，纷纷两斤装、四斤装，四袋装、十袋装，大包小包地拎上，满面春风般散落在堰河的山水间。

接近中午，太阳越来越高，堰河越来越清，两岸青竹簇簇，翠绿葱茏；油菜遍地，黄花泛滥；绿荫如幕，遮天蔽日。我们拎着一袋袋茶叶，仿佛收获了一个个绿水青山。

"老百姓的事，就是我们的事"

回到驻地，我老远就看到了老闵坐在门前，门前一溜儿排开，摆满了茶具，我顺势坐在老闵对面，仿佛上午的课意犹未尽。"闵书记，我想问一下，你们村老百姓发展产业的理念是怎么转变的？"老闵笑了笑，看着一旁忙碌的老婆，说道："就拿我家来说吧，当初动员老百姓搞农家乐，村里没有一个人愿意搞，我就跟老婆说，你先干，结果两年后，游客越来越多，农家乐供不应求，大家纷纷找到村委会，要求开办农家乐。大家都办了，我又让老婆停了，不干了。我常和村干部讲，老百姓的事，就是我们的事。我天天思考的，就是张家奶奶什么时候出院，李家爷爷怎么脱贫？发展产业，光喊口号不行，得干部带头干，过去说'穷鬼穷鬼，越穷越鬼'，只有不穷了，他才不鬼了。现在，咱们堰河的老百姓，家家有产业，人人有事干，哪儿有时间上访，哪儿还有时间扯皮捣经。"

老闵喝了一口茶后，招呼我喝茶。"其实做人就好比喝茶，第一道茶有点苦，叫做人先吃苦，接地气，有泥土味；第二道茶有点甜，叫苦尽甘来，有味道，有品头；第三道茶叫回味茶，人生百味，值得回味。"我敬重老闵，作为一名基层干部，一个成天与农民打交道的人，竟然能悟出茶水人生。

我也深有感触："闵书记，受益匪浅，你的话激发了我，更激发了我们的审计工作。其实，茶中也有审计，茶的根本是俭，茶的本性是洁，茶的功效在醒，茶的境界为静。以茶为生，以茶修为，我们的审计工作也包含同样的道理。"

回家的路上，我一直在想，我们感受培训的过程，更是感受生命的深度，咀嚼审计的质量，拓宽心灵的视野的过程。给心灵一些时间，其实就是对审计乃至对自己的明悟和珍惜。

柳林为证

一条洞河村里过，柳树林下故事多。

茅坪村是一座闪光之村。中南六省第一银杏树、将军石、老龙洞、洞河、柳树林……金色名片，流光溢彩，彰显乡村竞争力。

茅坪村是一座希望之村。实现"户脱贫、村出列"，努力建成"产业兴旺、生态宜居、乡风文明、生活富裕"的美丽乡村。

茅坪村是一座活力之村。村审一体，协同发展；干群一体，融合发展；镇村一体，统筹发展。书记项目，融合竞进，李庙茅坪正阔步前行。

一

村审一家亲。

李庙镇茅坪村属省级贫困村，全村辖3个村民小组，157户589人，总面积27平方公里，2015—2018年全村减贫脱贫206人，2018年减贫脱贫36人。根据全县统一部署，该村今年必须实现整村"户脱贫、村出列"。

"把每一个贫困户当亲戚走。"几年来，南漳县审计局始终秉持这种理念，视村民为亲人，想为村民，做为村民。从2015年起，结合驻点村实际情况，提出了"做优艾蒿，做强香菇，做活产业"的脱贫发展思路。

党建带动。2018年，局党组深入实施基层党建"书记项目"，提出"强化党建引领，助力精准脱贫"，以此推动机关党组织全面进步、全面过硬。强化党建工作"书记抓、抓书记"的责任意识，以创新思维破解党建工作难题，把精准扶贫精准脱贫作为全局基层党建工作的一项重要任务，为"户脱贫、村出列"提供坚实的思想基础和坚强的组织保证。

融入村组。作为"第一书记"，我一到村组就明确了自己的"主攻"方向：从思想观念和行为方式来帮助贫困户提振信心，想尽办法让大家通过发展产业、自主创业来增产增收。

村审一家。作为驻村队员，审计干部李德耀始终坚持每周驻村，吃住在村；走村入户，访贫问苦；以村为家，审计在村。走遍了茅坪的所有贫困户，心底有了一本贫困账；走遍了茅坪的山山水水，心底多了一本村务账。

二

3月初，为进一步细化"书记项目"，局党组一班人多次融入村户，调查研究，与村委一班人反复调研论证，确定了茅坪村"一二三四"的脱贫攻坚措施——一建：建设80千瓦光伏发电和12万袋袋料菌，发展集体经济；二改：改造300亩核桃基地、100亩中药材生产基地，增添致富后劲；三养：聘请畜牧师全年跟踪服务搞好万只鸡、千头猪、百只羊养殖；四游：争取12公里的旅游公路建设，对中南六省第一银杏树、将军石和柳树林进行改造升级，打造美丽乡村。

4月底，审计局第一期"支部主题党日"在茅坪村召开，我带头宣讲党的十九大报告，宣讲扶贫政策，宣讲扶贫措施，使党和政府的决策部署走进贫困户，走进群众心里，用党的理论政策为村答疑解惑，提振家家户户增强脱贫致富的信心和决心。

三

"书记项目"面向全体党员，层级多，范围广，坚持做到区分层次、分类指导，是工作取得实效的重要保障。全局上下坚持"一个实施方案、一张流程图、一套指导表"为主体的推进机制，全力打好茅坪村的脱贫攻坚战。

连心凭卡。自2017年以来，全局党员干部自愿认领贫困户，并在全县率先推出"连心卡"服务，实行"一联四定"工作法——"一联"，即联员进户，就是把认领相同贫困类别的党员编成一个组，每组选出一个组长，负责本组贫困户计划制订、落实帮扶措施；"四定"，即定岗位、定责任、定目标、定奖惩。2018年，进一步丰富"与村对接，与户连心"模式，通过党建工作联抓、村级财务联审、产业发展联办、生活环境联建、村民难题联解的"五联"活动，形成党建扶贫、互联互动的审计扶贫新模式。基层党组织特别是支部书记王要东，也树立起了"第一责任人"的意识，不折不扣地当好"连心员"。

柳林作证。5—7月，李庙镇茅坪村迈进改造时代。向东，投资15万元，全面改造十里洞河，拦坝蓄水，青山绿水；向南，投资5万元，打造300亩核桃基地，村户共建，一片葱茏；向北，投资45万元，10万香菇大棚，铺天盖地，气贯山野；向西，投资66万元，建成80千瓦光伏发电，天时地利，映日成辉；向中，投资58万元，新建柳林文化广场，诗意山村，美丽尽显。

扶贫立审。审计局坚持把党日活动开到贫困户家里，注重党建活动与精准扶贫工作的有机结合。今年2月，召开第一个"支部主题党日"，就把会议地点选在食用菌生产大户宋怀明家里，邀请村里贫困户和党员一起参加，请党员们主动参与"带领致富，带头致富"行动，让党员们传经送宝，以此带动和促进其他村民创业致富。此举得到村民一致好评。驻村干部李德耀，扶贫不忘审计，扶贫之余，加强对项目、村务、村账的监管，努力做到给村干部一个清白，还村民一个明白。

四

八月的茅坪，一片火热。洞河两岸，加固工程如两道白练，给苍翠的茅山注入一对筋骨；柳树林下，村级文化广场建设如火如荼，搅热了沉寂的乡村。

初来乍到的局党组副书记、副局长邹官权，以新任工作队队长的身份再入村户，访遍了茅坪村的家家户户，定下了茅坪村产业脱贫攻坚的"最后一步"：加强党建工作，积极营造美丽乡村建设氛围。把党组织建在产业链上、把党员聚集在产业链上，实现产业链党建与精准脱贫深度融合，探索出一条特色产业党建领航精准脱贫、加快驻村农民致富增收之路，并向村委和村民响亮提出:"致富看支部,脱贫看党员。"

文明引领,做好"改"文章。过去的柳树林,杂草丛生,垃圾遍布,更为难堪的是,几家歪歪斜斜的厕所,横七竖八地在茅坪村前前后后。驻村期间,邹官权与村委一班人反复研究柳树林文化广场规划,建议来一场"厕所革命",把广场附近的几个厕所拆掉,重新建设标准化的公厕,此举得到村民一致点赞。

生态先行,做好"绿"文章。"百里不同风,十里不同俗。"茅坪资源丰富,生态多样,推进乡村振兴,在强调规划先行、统一部署时,科学把握乡村的多样性、差异性、区域性,不搞"千篇一律"的标准化推进。邹官权同村党支部一班人跑财政、跑供电、跑交通、跑规划、跑文体……茅坪村点点滴滴的变化,让村民们看在眼里,暖在心里。

产业为本,做好"融"文章。结合驻村发展艾蒿、香菇两大主导产业,将党组织建在产业链上,建立产业党支部,使"产业+支部+农户"的模式进一步完善;专业协会引领建立产业党组织,依托茅坪药材产业、洞河生态菇业2个专业协会(农民合作社)建立产业党支部;依托光伏、核桃、艾蒿、生猪、观光农业等5个规模大、技术含量高、市场前景好的产业基地,建立单独产业党支部5个,构建了"产业党支部+基地"的组织模式,基层党组织成为连接产业户与基地的重要纽带。

五

秋天的茅坪,遍地金黄。

在一个艳阳高照的午后,审计局副局长李力走进贫困户姚本超的家。干净的院落,一地的核桃,如颗颗珍珠般耀眼,近80岁的姚登武出门相迎,兴致勃勃地谈起了脱贫史:"去年种了3亩艾蒿、5亩核桃、4头猪,挣了3万元;今年又种了3亩艾蒿、7亩核桃,还有4头猪,肯定好,感谢党的政策好哇。"

一场暴雨过后,在宋怀明的香菇大棚下,副书记、副局长邹官权握着他的手,关切地问:"今年香菇咋样?"宋怀明一脸自信:"没问题,去年1万袋,搞了几万块。今年搞了2万袋,这点雨没事,香菇长得好,另外还搞了点木耳。"

夜幕降临,副局长隆贵清一直等到宋怀成回家,满身泥土的老宋一脸惊诧,放下农具,打开家门,请进客厅。还没等隆局长问话,老宋倒先开口:"隆局长,我今年还可以,3亩艾蒿已有收成,母猪也下了仔,还养了4头猪,估计搞个2万块没问题。"

六

在抓好脱贫攻坚工作的同时,审计局还积极推动生态文明建设和人居环境建设,配套完善农村公共服务,村内卫生室、小超市、农家乐等一应俱全,实现了公共服务均等化,让村民幸福指数节节攀升。

一枝独秀不是春,万紫千红春满园。如今,茅坪"一河一林、一树一业(以洞河为核心,带动柳树林,提升银杏树,发展食用菌)"脱贫致富格局已经形成,富裕之花正遍地开放。

青山作证,绿水代言。茅坪村,大山深处脱贫致富的一面旗帜!

(此文刊于2018年9月6日审计署网站"综合文苑")

柳林诗会

"一棵棵的柳树/其实就是一个个活生生的茅坪人/向我们讲述着乡村的变化/向我们展示着农民的风采和精神。"南漳县文联主席吴存文的《让我们相约在柳林》，打开了"柳林诗会"的序幕。由襄阳市作家协会、南漳县审计局联合开展的"文学进乡村"暨"最美南漳，走进柳林"诗歌朗诵会，在南漳县审计局扶贫村李庙茅坪举行，此次诗会旨在讴歌农村精准脱贫重大成果，展示李庙镇茅坪村"脱贫摘帽"后的新变化。

茅坪村属省级贫困村，该村已正式通过省、市脱贫考核验收。一个春色清新的上午，来自襄阳市作家协会的作家们深入茅坪，从人文历史、柳林文化、脱贫攻坚、乡村振兴等方面开展"诗会"活动。南漳审计局的所有干部职工和作家们一起，感知茅坪蓬勃的发展动力，歌颂茅坪精准的脱贫攻坚。

一

自2015年南漳县审计局与茅坪村开始对口帮扶，驻村工作队就扎下心来，对全村建档立卡的73个贫困户，逐户走访，因地制宜，因户施策。立足"脱贫"，抓住重点，突出见效快、能增收的短期项目；下真功夫，培养增后劲儿的中长期项目，形成可持续脱贫机制，畜禽养殖、药材种植、林果发展，特色项目已经凸显，乡野山村，一派生机。

4年来，南漳县审计局与村委会一班人，怀真心、谋规划、付真情、办实事。全局党员干部自愿认领贫困户，并在全县率先推出"连心卡"服务，不断丰富"与村对接，与户连心"活动，通过党建工作联抓、村级财务联审、产业发展联办、生活环境联建、村民难题联解的"五联"工作法，形成党建扶贫、互联互动的审计扶贫模式。

2019年，根据扶贫新要求，县审计局继续做到摘帽不摘责任、不摘政策、不摘帮扶、不摘监管。主要任务是巩固脱贫成果，防止返贫。同时，注重加强感恩教育，突出抓好法律教育、道德教育、文明教育、思想教育和文化教育。

"从柳芽上长出来的春天/拥有柳荫，仿佛孩子们戏水/现在，我在茅坪/看见那些在柳荫下的幸福和谐脸孔/因为拥有扶贫队员奠基了信心/才能在春天开花，秋天结实。"诗人邱述安的《柳林深处》道出了村民的心声，也真实反映了襄阳市作家协会的初衷。"诗会"一开始，襄阳市作家协会就对全村20名留守儿童赠送了书包、文具和书籍。作协主席涂玉国在致辞中表示："精准扶贫，文化助力。"

手捧书包的孩子们，脸上洋溢着快乐和兴奋。留守儿童陈奥圆激动地说："谢谢叔叔阿姨们，我一定要好好学习。"

二

"12万袋袋料菌/最后成为灿烂的笑容/开放在每一个茅坪人的脸上。""改革的春风/吸引了无数外来的目光/细数洞河水长/三百亩核桃变成幸福的话语。"诗人周庆的《细读柳林》，正在变成现实。如今的茅坪，向东，十里洞河，青山绿水；向南，300亩核桃基地，一片葱茏；向北，10万袋香菇大棚，气贯山野；向西，80千瓦光伏发电，映日成辉，向中，一座柳林文化广场，生机盎然。

"把每一个贫困户当亲戚走。"几年来，南漳县审计局始终秉持这种理念，视村民为亲人，想为村民，做为村民。从2016年起，结合驻点村实际情况，提出了"做优艾蒿，做强香菇，做活产业"的脱贫发展思路。2018年，局党组深入实施基层党建"书记项目"，提出"强化党建引领，助力精准脱贫"，强化党建工作"书记抓、抓书记"的责任意识，把精准扶贫精准脱贫作为全局基层党建工作的一项重要任务，为"户脱贫、村出列"提供坚实的思想基础和坚强的组织保证。

作为驻村"第一书记"，我从一开始就明确了自己的"主攻"方向：从思想观念和行为方式来帮助贫困户提振信心，想尽办法让大家通过发展产业、自主创业来增产增收。驻村队员李德耀始终坚持每周驻村，吃住在村；走村入户，访贫问苦；以村为家，审计在村。并向村委和村民响亮提出："致富看支部，脱贫看党员。"

"幸福都是奋斗出来的。"南漳县委常委、统战部部长孙国强在致辞中引用了习近平总书记的这句话。是啊，亦如茅坪的扶贫工作，一分耕耘一分收获。村委一班人，舍小家、为大家，不分昼夜，夙夜为公，奔赴县镇，上下求索；驻村工作队，日研判、周分析，视老乡为亲人，把贫困当家事；致富带头人，顶风雨、冒风险，战天斗地，摆脱贫困。打造出了新的茅坪，茅坪特色和脱贫产业越来越丰富。

三

诗人王云峰在《走进柳林》中写道："现在柳树一样思绪/随风翩翩起舞/相忘自己//在这片幽静之地/我很幸福/花儿在我身后点头致意……"寥寥几语道出了"柳林诗会"的鲜明特色，此次"诗会"的另一亮点，便是由县审计局自筹资金，对10名致富带头人及"乡风文明"代表进行颁奖。

首奖的致富带头人便是宋怀明。60岁了，老伴有病卧床，儿子是残疾，女儿远嫁在外地，过去，一家人只能靠2亩多地生活。从2015年开始发展袋料菌，在种植中摸索经验，在总结中获得丰收，收入年年增加，今年又种了2万袋，预计收成在10多万元。

陈兴文，全家2口人，因病致贫，在姐夫任光群的带动下联合养猪100余头，年收入3万元；梁福民，全家5口人，因残因病致贫，自力更生，发展养猪6头，养鸡80只，种植艾蒿2亩，年收入5万元；鲁德华，70多岁，全家2口人，因病致贫，发展养猪4头，种地2亩，年收入2万元；宋怀成，全家5口人，因学致贫，种植药材2亩，养猪5头，个人在村集体务工，年收入

3万元；宋怀荣，全家2口人，因病致贫，种植核桃10亩，养猪2头，夫妻二人在村袋料基地务工，年收入2万元；邹大宽，全家4口人，因学致贫，种植药材4亩，自己在村集体务工，年收入3万元；丁成善，全家2口人，因病致贫，在陈发的带动下联合养猪90多头，年收入3万元……这些可亲可爱的脱贫人物，为"诗会"提供了丰厚滋养，也为南漳的脱贫攻坚贡献了华彩篇章。

对非贫困户的奖励，是"诗会"的一个创举。韩青青，全家5口人，赡养孤寡老人1名，自身发展养牛26头，年收入8万元，带动贫困户发展养牛2名。

对"孝心媳妇"的奖励，是"诗会"的一个高潮。田大枝，全家5口人，丈夫和儿子常年在外打工，女儿上高中，因婆婆残疾致贫，田大枝在家种植药材3亩，常年如一日伺候婆婆，视为亲娘，且邻里和睦，村民乐处，评选中村"两委"也一致推荐。

2019年，按照县里要求，南漳县审计局继续驻村茅坪，结合茅坪实际，突出乡村振兴战略目标，着力打造产业兴旺、生态宜居、乡风文明、治理有效、生活富裕的新茅坪。

（此文首刊于2019年5月20日《襄阳日报》，又刊于2019年6月21日《中国审计报》周末特刊）

答题卡

春天的南漳街道,安静,行人稀少。我一个人走在榆树岭的山水间——昨天很晚了,在微信群里看到值守点有同事帮住户整理考生答题卡的信息,觉得很有意义,所以,今天早早起床,想到值守点了解情况。

疫情防控已一个多月了,我从家里到单位,来来回回不知走过多少路了,每次在村头就会碰见值守卡点的几个志愿者,就像见到了单位同事一般亲切。我对志愿者的敬,可能更多的是有点谦卑、有点感激。我眼里和心中的志愿精神是难以言表的。主要由于这次疫情给我们每个人都留下了思考的时间和空间,而正是这种时刻,每个志愿者的激情、热心和高贵,就像坚守病房的医护人员的微笑,也像家乡这如期而遇的樱花的美丽。

有时我在榆岭花乡与榆岭荷塘之间的某个路口,经常会正面碰上一位袖戴红箍的值勤者,或者手执小红旗的老人,甚至还有一群身穿红马甲的时尚青年,我惊讶于疫情之下的志愿景象,在乡村竟然体现得如此完美。当然,每次路过多少个卡点,就有多少次的回答、解释、出示出入证明等程序,我也是极乐意去遵守的。

　　走过学府路，穿过水镜路，就到了审计局的一个三无小区值守点。眼前的汇珍老商场小区，很静，小区的窗户开着等春风，也像人也等春风，最盼着等春风来的，是小区的花花草草。远远就看到了单位的同事刘大平，依然是那么精神，像随时准备战斗的模样。从我到审计局以来，在我的印象中，他似乎一直没有什么变化。这个胖乎乎的男人，他的心中总有一种很热情的东西，对于所有人他从未有一丝冷漠和厌倦的状态。与他交往，我从未感受到他的脾气，审计工作那么多的烦心之事，那么多的反驳之言，竟然一点没有改变他的热情。一个准备上班的年轻人正在值守点填报信息，我特别留意那面挂在墙上的"审计局志愿服务"的旗子，一会儿跟风一起来，一会儿跟人一起走。

　　见到我，大平的话匣子便打开了，我们聊起了值班，我对他值班的过往叙述百听不厌，认真地听他讲，像缕缕春风娓娓道来。

　　听大平讲，昨天晚上9点以后，他已换班回家，吃罢晚饭，习惯性地打开手机，首先看了一眼"汇珍商场防疫群"，一条信息引起他的注意。"明天儿子要考试，可以帮我打印一下答题卡吗？"半个小时后，住户又发了一条信息："请问领导能不能帮下忙呀？"10分钟后，住户又给大平发了一条信息："领导你可以帮忙吗？"听大平讲，他当即便回了一句话："我到办公室看下，马上联系。"得到回音，住户才松了一口气。他马上跑到办公室，打开电脑，由于长时间没用QQ，密码忘了，好不容易登录，文件资料又打不开，版本不对，临时又打电话咨询办公室人员，下载新的版本，几番周折，文件终于打开了，才发现文件太长，打印纸又不够，没办法，只好给离办公室最近的同事打电话，等到打印完毕，已是晚上12点以后了。后来，他把打印好的两份答题卡交到了住户手里，自己便回家睡觉了。

他讲得非常平淡，我被他脸上透出的热心之气打动了。那是一种若有若无、柔和淡远、松下听琴的姿态。来自审计本有的某种气质。他边讲，边微笑。

听他讲，户主姓杨，其子在县一中读高三，三月份月考需要语文、数学、英语、理综四门答题卡，因为时间紧，疫情防控期间也没有其他办法，就想到了值守点，可发了信息，半个小时也没人理会，自己很着急，就直接又给他发了信息，终于打印好了，非常感谢值守点的领导。

大平笑着说，我们在这里值守，不仅要当好疫情的门卫，还要和住户搞好关系，随时关心他们的生活和心情。值守卡就是我们对住户的答题卡。我一直以为志愿的热情仅仅存在于遥远的武汉之中，谁能料到它就在眼前。

已是上午10:00多了，街道上仍然少有人来往，偶尔过来值守卡点的检查人员，一切还是那么静谧，玉溪山依稀可见。春风不走弯道。它鼓着劲儿吹，吹着水镜路到学府路的银杏树，吹落了银杏叶，再吹得榆树岭开满樱花，整个南漳县城里里外外都是樱花飞舞。

大平继续在讲述他的值班记忆，一个70多岁的老人，急需出去买药，他陪老人一起找药店；一个嗜酒如命的汉子，如何央求他出去买酒，被他这个同样好酒的人硬是劝回了家；一对无人照料的老人，家中吃用物品用尽，他通过协调社区，找主管部门帮助解决生活物资问题……正说得兴致勃勃，迎面走来一个老

第四辑 初心之旅　　151

人，他马上迎了上去。听另一个值班同事讲，这也是出去买药的，转了好几家才买到，刚回来。

我不便再打扰，回了一句："我走了，你们忙，我明天再来。"疫情还在继续，我也值了30多天的班了。每一次值班，我都感到很新鲜。不为别的，就为这份淡淡的热心。

无论如何，这终归是一场战疫大考，明天再来。

我的 2013

该怎样开头来叙述我的 2013？续写我跌宕起伏的豪情。担任审计局局长，在春天到来时，寒风锁不住深情，在他们的脸上，春光闪闪发光。不经意间，2013 年就过去了。回望曾经的 365 天，我们为南漳一次次的审计而脉动，因为，我们热爱着这个事业。

2013 年，最诗意。书香四溢的审计，我仍按捺不住涌动的激情，每次翻开《一生在等》，时间就慢了下来。著名史学家白寿彝曾经说过："你要把生命投入进去，你写出的东西才有生命。"不是说诗的生命在燃烧，而是诗的人物在燃烧。倾听他们内心的诉说，了解那些最感人的故事、最鲜活的细节。我多么希望通过我的笔，还原他们精彩的生活，还原一段不能忘却的 2013 年。一部诗集让我完成了一次寻访，一部诗集让我读到了不一样的历史。正是在这样崇高的信仰指引下，他们谱写了一首首文明颂歌，为 20 年的文明留下了一幅不朽的画卷，为后来者积攒了珍贵的精神财富。

2013 年，最感动。在角色与对象之间、在寂寞与忙碌之间、在平淡与烦琐之间、在为国与为民之间，认证岁月的沉潜、解读生命的坚守，转身间的坚毅不变，眼神里的初衷不改。仿若一颗种子，化身作新的力量。多种感情、心情、爱情和真情相互揪心又相互交心，其中的宽容、尊重、礼仪和忌讳，无不使我感动。书桌上的述职报告被我定格在心仪的时刻：全年完成审计项目175个，查处违纪违规金额9971万元，促进增收节支1000余万元，审计工程资金10.7亿元，审减投资8978万元。我们一起创造了引人注目的业绩；把生命的灿烂，燃放在一次次静悄悄的战斗。

2013年，最忙碌。"寻真求诸野，拳拳审计情"。全年10批共31人次融入全国、省市重大部署，奔赴湖北东西南北，足迹到处，净土自来。我坚信，做喜爱的工作或爱上现在的工作，一定能有成就。"光阴载不走，豪气审计梦"，怀揣着县委书记和县长的经费审计历程，时光在眼前匆匆更迭：1月、2月，湿漉漉的空气，为审计蒙上一层氤氲的雾色；3月、4月，夕阳西斜，县外的紧张胜过了县内；5月、6月，阳光烈烈，自查之声不绝于耳；7月、8月，抚摸着实绩的审计组，一往无前；9月、10月，寒意有深浅，整改问冷暖，11月、12月，冬雪推迟降临，温暖的笑容弥散开来。

2013年，最提气。"青山永不老，有言人不轻"，审计署2个实例奖、2个方法入选，再一次证明，我们已拥有了技术，但心里装着民生；我们已走出南漳，但心里系着家乡；"注意力在哪里，你的心就在哪里！"2013年，从《保康学审》的那天开始，无论是在赞誉中，还是在质疑中，我都一如既往，以自己的坚韧和开拓树立信息宣传品牌，以自己的执着和影响打造审计文化，以干部的智慧和力量创造新的辉煌：勇夺全省信息宣传第一。凝心聚力，贵比黄金。所有的差异产生于业余时间，业余时间成就事业，也成就每一位审计干部的 2013 年。获得各类荣誉 34 项，这活力的背后，是不负此年的孜孜以求，更是心向往之的欣慰。

2013 年，最温暖。玉溪山上，水镜庄侧的石壁长廊，1000 多年生死荣枯的晨光和星光，胜过无数大殿巍峨摩天的丰赡和华美，小小的遗存怎么会有如此滂沱的生命？我的目光在这个水波不兴的蛮河古道上凝定。想当初，全省审计综合考核时的雄心勃勃，却最终不尽如人意，非努力不到，非功夫不到，就因这小小的遗存，但毕竟有一种前进中的遗憾。回味震撼中四面来风。情绪忽又风生水起，穿透郁积一年内心深处的郁气，回到沉默的疼痛。春风吹拂的阳光下，依旧可闻那跳动不息的节律和节律里奔腾的凌厉。但眼下的一切，却很温暖，遗憾和忧伤已归珍藏。

2013 年，最余情。投资科的灯光一直亮着，这是审计局的一个信号，就像一朵痴情的向日葵，注视着太阳，膜拜着太阳。审计干部筚路蓝缕，拼命地生长，准备奉献一切，日出而作，日落而息，视百姓为衣食父母，以人民利益为根本利益。从武汉、从郧西、从咸宁、从武穴、从黄石，很忙，很累，很紧张。窗外是纷繁的世界，窗内的审计人员，盯着电脑，蜷缩在沙发的一角，静若处子。这种不折、不弯、不屈服、不沉沦，何尝不是荆楚文化的精髓？砥砺廉隅，呕心泣血。这是时光留给我的一段余情，对于一段未了的感情，感情的延续和肯定是最大的感动和最高的奖赏。

2013 年，回声悠荡，大地沉香；2014 年，启迪奏响，人间风光。一生之中最美的春天，正徐徐铺展开来，这就是我们在这座城市的生活。这样就好，在故乡，望远方，慢慢地，你的心头就会长出芳草来。

我的 2019

2019年总算过去了，回望曾经，记忆的画卷般扑面而来，有忙碌、有温暖、有激情，种种场景历历在目，丰富着我的 2019。

先说"忙碌"。"寻真求诸野，拳拳审计情"。全年 8 批 28 人次融入全国、省、市重大部署，奔赴省内省外，足迹到处，净土自来。"光阴载不走，豪气审计梦"。1 月，项目演练，和谐的氛围中，拉开了春训的序幕，为审计注入了新的生机；2 月，春风临近，匆忙的审计人，各自踏上东西的征程，满腔热情，义无反顾；3 月，阳光明媚，赴外审计的身影胜过了县内，一层一层的信息如油菜花一样铺展开来；4 月，百花盛开，平凡的审计人仿佛呼吸了新鲜空气，跳跃着、闪烁着；5 月，雀跃在审，9 个乡镇审计项目同时起步，同时奔赴南漳南北；6 月，阳光烈烈，即使在深山，仍然能感受到账目的汗气；7 月，久违南京，第二次参加审计培训，学习的安心唤起了学生的初心；8 月，抚摸着实绩的审计组，注视着西藏山南，盯着"缺氧不缺斗志"一往无前；9 月，丝丝凉意，开始打动审计人的内心，项目的收尾工作徐徐开启；10 月，盛世华年，伴随着党的十九大的滚滚浪潮，一切皆在完美中开启；11月，心有乡愁，开始让我的目光停留在乡村，停留在茅坪脱贫攻坚的山山水水，老老少少；12月，辞旧迎新，冬雪推迟降临，细细品味"我们都是追梦人"，温暖的笑容弥散开来，像一首诗，像一支歌，沁人心脾。

再说"温暖"。"青山永不老，有言人不轻"，2019年，从第一首诗《春之序曲》开始，无论是在赞誉中，还是在质疑中，我都一如既往，以自己的坚韧和开拓树立信息宣传品牌，以自己的执着和影响打造审计文化，以干部的智慧和力量创造新的辉煌。凝心聚力，贵比黄金。玉溪山上，水镜庄侧的石壁长廊，1000多年生死荣枯的晨光和星光，胜过无数大殿巍峨摩天的丰赡和华美，小小的遗存怎么会有如此滂沱的生命？我的目光在这个水波不兴的蛮河古道上凝定。省级文明单位的光环再次降临……回味震撼中四面来风。情绪忽又风生水起，穿透郁积一年内心深处的郁气，回到沉默的疼痛。春风吹拂的阳光下，依旧可闻那跳动不息的节律和节律里奔腾的凌厉。但眼下的一切，却很温暖，遗憾和忧伤已归珍藏。

还有"激情"。投资审计中心的灯光一直亮着，这是审计局的一个信号，就像一朵痴情的向日葵，注视着太阳，膜拜着月光。审计干部筚路蓝缕，随时准备奉献一切，日出而作，日落而息，视工作如生活，以生活作工作，从西藏、从武汉、从大悟、从仙桃，经北京、经广东、经云南，很忙，很累，很紧张，窗外是纷繁的世界，窗内的审计人员，盯着电脑，蜷缩在沙发的一角，静若处子。这种不折、不弯、不屈服、不沉沦，何尝不是荆楚文化的精髓？砥砺廉隅，椎心泣血。这是时光留给我的一段激情，对于一段未了的感情，激情的延续和肯定是最大的感动和最高的奖赏。

2019年,回声悠荡,大地沉香;2020年,一起奋斗,人间风光。一生之中最美的春天,正徐徐铺展开来,这就是我在这座城市的生活。这样很好,在故乡,望远方,慢慢地,我的心头就会长出芳草来。

(此文2020年4月15日刊于"中国作家网")

第五辑

看见时间

同学赋
——写予胡营中学 88 届初三(1)班

恰同学建群,见群如见亲。黄泥巴洼,一九八八,山水相依,前情后话。谈古今,论天下,天涯咫尺是一家。

黄泥巴,堰塘水,胡家营外田垄连片;南宜路,蛮河水,水乡绘就田园画卷;绿色学校,绿满南漳扶桑,一校化绿;特色学校,山连沃土并肩,硕果累累。教学楼林,操场全新,文化创新,美化一新。一路灯火两唱晚,一村人文两分明。勤满校园,只求勤奋之境;勤领人生,常做育勤之行。

昔有黄泥巴洼,陋室几间,少年同学义气,同窗同桌同聚。文明和谐,友情互鉴。厚德正直,声名远扬。

母校亦有酸楚记忆,苦难历程:八十年代,三尺台前,尤忆当年师生情。手握书卷,手执粉笔,开口活灵活现,落笔勾叉相见;风华同学,跑步晨间,你追我赶争第一,期中期末见试卷。上课铃响,师生同起立;下课铃落,教室干戈起。课间小憩,长得万千粉笔头;夜半小聚,时闻老师在点名。少男少女情初开,似有似无皆尘埃。最忆一日三餐事,不待铃响,握紧碗筷,一旦铃起,健步如飞草木惊;顿顿清汤,缺肉缺油,更缺蔬菜,咸菜就饭知足矣。

俱往矣,时间飞过三十载,我们跨越两个世纪。面对胡营中学全面崛起,至亲同学,无不欢欣。群内群外,至勤至诚,励志力行。母校之情,呼之欲出。

志强勤奋,一手抓黄泥巴洼,一手抓大众文化;菊芬热情,一眼读报,一眼看曲;德荣善导,一声早安,顺致友好;张莉温婉,一个拥抱,无限思念;小玲严谨,王玲诚信,偶有群情,便起友情;庆洪乐庆,才有新闻爆料;海林临海,便有亲诚惠容;良东乐学,大洪善思,一杯清茶,漫议国事;江山一匡,文艺再别,同学缘分,缘起不灭。

历历黄泥巴洼,黄朝进,荣洁丽艳;张张老旧照片,魏道强,正蓉正奎。同饮一塘水,明香安凤;同居一方洼,来香德秀。家国兴合,同学个个尽道洪;登峰永芬,家家处处覃天翠。同学事,何新花,同学家,余心华;同学名,刘文化;同学情,廖光琴。家事志秀,国事志强。同相伴,心相交,少君建梅,彼此先梅。袁宗宝,陈大宝,黄泥巴湖一宝松;东海英,西发军,黄泥巴洼几梁流。同学敦良波,朋友笃明海,家乡见楚军,友芹只要詹辉在,何患友谊不国陆。波涛两进张华起,相逢一笑罗琴泯,田艳玲燕羡钟英,路行万卷书苏俊。

不忘初心,同学同心。同心花开,姹紫嫣红。八百里金南漳,长飘湖北绿色学校;八千名学子中,传承欣欣向荣景象。校园荷花,亭亭净植,花朵绽放,香远益清。新时代,老同学,新精神,又同学。尚礼崇德,诚信友爱,感恩励志,勤奋进取。守初心,为胡营中学腾飞张开双翼;路迢迢,为家国情事通达加大引擎！人匆匆，互联互通，心情欢畅；岁芒芒，今年明年，年年相望；情济济，常来常往，激情奔放。

牢记使命，同学同行。今日胡营，一片热情，气势蒸腾。四十名儿女，三十载风雨，共话同学情；云烟与共，倾力展前程。但愿明日，天南海北，举杯情深，天蓝云淡，祝福人生，八方同学同平安，国庆同庆同驰骋。

（此文首刊于2019年9月27日《楚天快报》，又刊于2020年3月27日"中国作家网"）

南漳审计赋

上承十八大精神立信念，下启"十三五"开篇书理想。朝听汽笛声声东逝去，夕看动车滚滚入繁华。倚水镜览春秋，拥文明结硕果。悠悠庭院垂珠，机关映月；历历考核排障，夺冠藏娇。

素来辉煌，赐文明，显耀灵气；二十余载，居审计，唯恋清廉。辛勤组建，一体发展；苦苦探索，满眼皆景。全国粮食系统审计开新篇经验先行，两个文明建设先进单位开先河审计在前。财政审计制，忠诚责任在。吴因瑛迎来吕培俭视察，臻项目吸引于明涛莅临。寂寂党风，暗香浮动；净净行风，独领风骚。羡金牌绽闪，光照先进；慕干部勤政，风清气正。

紫藤花开，年复一年。杉树林立，天设地造。践踏文明之足，实为可耻；珍爱文化之审，引以为豪。喜历届前辈倾囊而出，事事养眼；赞机关干部纷至沓来，奖励不绝。信息宣传，抒审计情怀；改革创新，立宏图大志。

新年伊始，风雨兼程。沉醉计算，人亦云；独立赏花，花更俏。鱼戏荷塘随莲舞，鸟临竹林任鸟行。

噫！精神高地，浩浩兮审程阔，繁繁兮文明遥。揽"十三五"长卷，指点资金。吟南漳审计，天道酬勤。

（此文2020年4月1日刊于"中国作家网"）

致西藏山南审计组一封信

南漳驻山南审计组：

　　你们好！南漳七月流火，山南夏季入秋。你们在藏南谷地发出"审计通知书"，我们在湖北南漳日日"跟踪审计"。

　　首先道一声辛苦了！正是有了你们高原审计的默默奉献，构筑了南漳至山南的一条"免疫系统"，才让两地的"审计沟通"握手相见，"审计项目"推心置腹，"审计质量"取长补短，"审计风险"安全有效，"审计生活"乐观充实。"葛荣木（钱）多少"，这是"审计取证"的小事；"宫康桑（你好吗）在哪"，这是"审计调查"的事情。实际上，审计原本没有多少大事，能把小事做成大事的，除了要有"一生一事，一事一生"的韧性外，重要的，还要有"大数据审计"。不过，"数字游戏"迷惑审计，"数据分析"成就审计。

　　山南人是善良的，他的谦卑融入"财务审计"，他的虚怀嵌于"绩效审计"，他的底气在于"开门审计"。这是一种超凡脱俗的境界，这种境界只有身处600多公里的边界线上，才能品味出其独特的韵味。你们何其幸运！

审计生活，没有恒久的幸福，只有瞬间的惬意与安适。每天看到"南漳审计群"都有你们的"审计方案"和"审计案例"，非常振奋！西藏审计最惬意的做法，是早上看蓝天日出，然后窝在"审计信息化"里。窝是一种依恋，窝着也好，藏文没看懂也罢，最难得的是"ERP审计"一点就通。

西谚云：如果一个人能够沉浸在寂寞之中，那么他便是一个拥有了无穷力量的人。事实上，如果一个人能在海拔3000米之上"审计查账"，也就能与寂寞为伴。翻凭证、查姓名、核数据……身处寂寞而不孤独，那么你们经过一番"审计实施"之后，一定会得到西藏人民的认可。

为"审计进点"驻足的人，为"审计全覆盖"奔波的人，赶早去看日出的人，趁黄昏赏飞雪的人，这样的人有激情。审计人有点才情就有了匠心，如果再有了"责任、忠诚、清廉、依法、独立、奉献"，就脱胎换骨成了"国家审计"。

我相信，西藏之行，注定是你们一生的"经济责任审计"，异地算故乡，高原做底线。把山南当家乡，把山南审计人当家人，把西藏审计当家事，这是"审计整改"后的一种雅量，无须"审计问责"，你们的问不在审，责不在计。因为脚站得高，所以不傲；因为路走得远，所以不妨。

西藏审计一月将近，虽然很苦，可它开放的花朵芳香，结下的果实甜美。如此观之，"审计报告"无须"征求意见稿"，珍贵的东西不会说话，就让它高贵地珍贵着！

最后，祝你们："审"体健康、"计"祥如意！

经典的魅力
——读《习近平用典》

中华文化源远流长，总有一种奇特的现象，也就是一种片段式的古典名句。比如孔子，比如老子，比如孟子，比如庄子。这种出现方式似乎更见作者的内心，也昭示了一种未完成，昭示出一种无限可能性。打开这类书，就像遇见了世外桃源，这比起那种虚幻性的写作更富有吸引力。

我很喜欢人民日报评论部编著的《习近平用典》，其收集的经典几乎成为中华文化的一个缩影，但我真正倾心的是其经典再做。全书编排以敬民、为政、立德、修身、笃行、劝学、任贤、天下、廉政、信念、创新、法治、辩证等篇章为主线，书中几乎每一句都可称为经典，字里行间充满了一个政治家在经历了时间流逝之后的宁静和睿智。那是一些难以被超越的经典，可以一遍一遍读下去的经典。

"吾生也有涯，而知也无涯。"学习经典就要心存敬畏，敬民、敬权、敬法、敬学。学习是中国共产党人战胜艰难的法宝，也是领导干部加强党性修养，坚定理想信念、提升精神境界的一个重要途径。我们的民族历来讲究读书修身，从政立德。读书、修身、立德，不仅是立身之本，更是从政之基。面对世情、国情、党情的深刻变化，面对改革发展的艰巨性、复杂性、繁重性，学习对于我们显得更为重要。作为党和国家领导人的习近平，学习显得尤为重要，更加关注自己的人民、人民的干部以及国家的命运。这种"学习"经典性很强，跳跃性很高，涉猎面很广。像其中的"劝学篇"，习近平同志从四个不同层面强调学习的重要性："学习是文明传承之途、人生成长之梯、政党巩固之基、国家兴盛之要。"这是经典与经典的相遇。故而，都焕发出盎然生机。

"德莫高于爱民，行莫贱于害民。"一个人要有道德，一个官员要有官德。对于官员来说，道德最高标准就是爱人民、为人民服务。习近平同志不仅在践行经典，更是用经典告诫领导干部，领导干部就是人民的公仆，人民就是领导干部的主人。世界上没有一个政党像中国共产党这样，从诞生开始就把"人民"镌刻在自己的旗帜上，并且经历90多年栉风沐雨、峥嵘岁月，一以贯之、持之以恒。我们党的根基在人民、血脉在人民、力量在人民。习近平同志多次读经典，读人民，读中国共产党，就是希望领导干部在经典中知道，鱼水之情从来都是相互的。以人为本、执政为民，最终要落实在一件一件的实事之中。党员干部如果能够倾心为民，乐民之乐、忧民之忧，群众同样会以德报德，这样就能赢得群众发自内心的拥护和支持，实现党群关系的良性互动，在新时期重叙鱼水情谊。

"历览前贤国与家，成由勤俭破由奢。"晚唐诗人李商隐的这句诗堪称千古名句，俭则成、奢则败，历史教训发人深省。公权本姓公，用权当为民。领导干部必须时刻清楚这一点。从坚决反对"四风"，到倡导全民节约，习近平同志旗帜鲜明地要求制止奢靡之风。

"一花独放不是春，百花齐放春满园。"这些"经典"，既体现于推动经济社会发展和惠及全社会的"大事"，也体现在与老百姓日常生活息息相关的家门口的"小事"。中国梦是每一个人的梦，所有的梦想汇聚成中国梦，所有的梦想都是在做经典。无论是"四个全面"的战略布局，还是走向世界的"一带一路"倡议；无论是适应经济新常态，还是调整自身知识和技能适应经济结构转变，都需要每一个中国人为之付出行动，以共同的作为彰显中华民族的伟大品格。《习近平用典》将中华文化的经典与习近平同志的情理融为一体，将世界潮流的形势逼人与当代中国人的自觉追求结合起来，以经典的名义激发所有人的热情，激励我们积极行动起来，以经典为指引，努力做经典，共同托起中华民族伟大复兴的中国梦。

（此文首刊于 2016 年 9 月 21 日审计署网站，又刊 2020 年 4 月 8 日《中国作家网》随笔杂谈）

精品即精神

——读《全面小康热点面对面》

中共中央宣传部理论局组织撰写的2016年通俗理论读物《全面小康热点面对面》，紧扣干部群众、青年学生的思想认识实际，对决胜全面小康的重点问题做出深入阐释，是激发责任意识、奋斗精神，动员广大群众投身新的历史进军的精品读物。字里行间充满了决胜小康的宁静和睿智。那是激发力量的经典，是可以一遍一遍读下去的经典。

得其要领，得其精神。《全面小康热点面对面》依据"十三五"规划建议，依据习近平总书记对《建议》的说明和在党的十八届五中全会第二次全体会议上的重要讲话精神，从如何理解全面建成小康社会新的目标要求、如何树立和贯彻"五大发展理念"、如何提高党领导发展能力和水平等几个方面，对决胜全面小康的目标纲领做出简明扼要、通俗易懂的阐述，让广大读者得其要领、得其精神。读精品就要心存敬畏，敬民、敬权、敬法、敬学。学习是中国共产党人战胜艰难的法宝，也是领导干部加强党性修养，坚定理想信念、提升精神境界的一个重要途径。我们的民族历来讲究读书修身，从政立德。读书、修身、立德，不仅是立身之本，更是从政之基。面对世情、国情、党情的深刻变化，面对改革发展的艰巨性、复杂性、繁重性，学习对于我们显得更为重要。习近平总书记指出："历史的发展，总有一些关键的时间点。"决胜全面建成小康社会的伟大进军，正是实现"两个一百年"奋斗目标和中国梦的关键时间节点，是需要一鼓作气向终点线冲刺的历史时刻。我们学习精品，就是要得到时间节点的要领，得到实现中国梦的精神核心。

读为精品，行为规范。党的十八大以来，《理论热点面对面》系列通俗理论读物，紧紧围绕重大决策，着力聚焦大政方针，为全面建成小康社会提供思想理论支持。解读党的十八届三中全会精神的《改革热点面对面》、四中全会精神的《法治热点面对面》，以及这本解读五中全会精神的《全面小康热点面对面》，都很好地发挥了服务大局、推动大势、教育大众的功能。一个人要有道德，一个官员要有官德。对于官员来说，道德最高标准就是爱人民、为人民服务。习近平同志不仅在践行规范，更是用精品告诫领导干部，领导干部就是人民的公仆，人民就是领导干部的主人。世界上没有一个政党像中国共产党这样，从诞生开始就把"人民"镌刻在自己的旗帜上，并且经历90多年栉风沐雨、峥嵘岁月，一以贯之、持之以恒。我们党的根基在人民、血脉在人民、力量在人民。以人为本、执政为民，最终要落实在一件一件的实事之中。党员干部如果能够倾心为民，乐民之乐、忧民之忧，群众同样会以德报德，这样就能赢得群众发自内心的拥护和支持，实现党群关系的良性互动，在新时期重叙鱼水情谊。

知有责任，做有担当。《全面小康热点面对面》针对目前干部队伍中存在的"本领恐慌"、不会为不善为的问题，专门论述了提高领导干部专业化水平的主要路径，即培养专业思维、提高专业素养、掌握专业方法，充分说明党员干部只要"有几下子"，全面小康就会"快点步子"。《全面小康热点面对面》着重阐释解读的就是如何破解发展难题，特别是把破解发展难题与解开思想困惑结合起来，事理相融、论引互补、图文并茂，努力使干部群众从诸多矛盾叠加中看到前景出路，从风险隐患增多中找到"柳暗花明"，共同攻坚克难、爬坡过坎，走向坦途、前行不息。《全面小康热点面对面》正是在党的声音和人民心声之间，架起一座沟通的桥梁，传递信息、解疑释惑，让更多的群众加入到伟大进军的行列中来。品味精品，既体现于推动经济社会发展和惠及全社会的"大事"，也体现在与老百姓日常生活息息相关的家门口的"小事"。中国梦是每一个人的梦，所有的梦想汇聚成中国梦，所有的梦想都是在为精品。

　　《全面小康热点面对面》将全面小康的内涵与中国梦的情理融为一体，以精品的形式激发所有人的热情，激励我们积极行动起来，以精品为精神，共同托起中华民族伟大复兴的中国梦。

一梦"两个一百年"

——观看历史文献纪录片《筑梦中国——中华民族复兴之路》

由中央组织部、中央宣传部、中央电视台、国家博物馆联合摄制的历史文献纪录片《筑梦中国——中华民族复兴之路》。从浩瀚的中华史,破译出寻梦、追梦、筑梦、圆梦,最终为实现"两个一百年"奋斗目标、实现中华民族伟大复兴的中国梦。一梦一条路,一梦一境界。让我们神经震颤,就像是看不见的手指,拨响了复兴的琴弦。

风雨寻梦。《筑梦中国——中华民族复兴之路》共7集,分为"风雨如磐""中流击水""正道沧桑""伟大转折""世纪跨越""发展新境"和"圆梦有时",主题鲜明,内容丰富,故事感人,集思想性、艺术性和观赏性于一体,是进行中国梦的一次极好教育。该片通过回顾1840年鸦片战争以来中国人民在屈辱苦难中奋起抗争,为实现民族复兴进行的种种探索,特别是从1921年1月开始,中国革命开启了新的伟大征程,中国共产党领导全国各族人民争取民族独立、人民解放和国家富强、人民幸福的光辉历程。该片记述了一代又一代革命者在如火如荼的革命烈火中，探寻之梦、追寻之路，血雨腥风之中，年轻的中国共产党迎接了一次又一次严峻的考验。让我们可以清晰地看到，那些发动革命的先辈，是在呐喊命运，为国家感叹不已。寻梦就是一部革命史，是疼痛的叫喊、喜悦的欢声、忧伤的悲泣、绝望的呐喊。

百年追梦。纪录片讲述了近代鸦片战争至中国近代化开始时期中国的落后及中国人民的艰辛探索历程，告诉了我们一个深刻的道理，就是"落后就要被挨打"。观看《筑梦中国——中华民族复兴之路》，风雨如磐，沧桑历史，让我既为中国千年辉煌而自豪，又为百年沧桑而感慨，历经百年追梦，实现百年一梦。中国共产党的追梦史应当从抗战时期说起，我相信拨开历史的重重迷雾，民族的光芒始终照彻党的抗战史。抗战的本质是民族的。"七七事变"卢沟桥的炮声发出了中华民族被压抑已久的吼声和力量。这是一场为民族的生存、民族的尊严、民族的复兴发起的世纪决战，是100多年来中华民族万众一心，共同抵御外侮的一次伟大战争，也是100多年来中国人民反对帝国主义侵略第一次取得完全胜利的民族解放战争。抗日战争时期，中国共产党以民族利益为重，倡导并坚持国共合作，共御外侮，赢得了全国人民的信任和拥护。

世纪筑梦。1949年10月，一个全新的共和国在古老的中国诞生。100多年来，中华民族一直处于被侵略、被殖民、被欺凌的境地一去不复返。1978年在共和国历史上是不寻常的一年：纠正"文化大革命"冤假错案起步，各项拨乱反正工作大规模展开；提出向"四个现代化"进军等，用历史的大转折来形容1978年显然毫不为过。党的十一届三中全会一扫往日的阴霾，直接开启了中国历史的新篇章，并日益深刻地影响着世界。

伟大梦想。在片中，我看到了以习近平同志为核心的党的新一届领导人集体参观《复兴之路》的展览，从"百年追梦""中国道路""中国精神""中国力量""筑梦天下"五个方面，很好地回答了什么是中国梦，为什么要实现中国梦，中国梦对中国的意义，中国梦对世界的意义等一系列重大问题。以习近平同志为核心的党中央，坚持和发展中国特色社会主义，实现中华民族伟大复兴的中国梦，指明了全党全国各族人民共同的奋斗目标，坚定了中国共产党的执政理念，为中国特色社会主义理论注入了新的内涵，对于团结全国各族人民有着深远的意义。英国著名历史学家汤恩比曾在生前预言"21世纪将是中国的世纪"。中国的发展正在全面证实这位史学巨匠的独到眼光。2012年11月29日，习近平总书记第一次阐释了中国梦的概念。从此，实现中华民族伟大复兴的中国梦，深入人心，伟大的梦想，源自中国梦。

中国梦是从中华五千年文明的心灵深处传来的，它已经从地平线上蹦出，如万道朝霞正照耀在我们的眼前，激励我们勇往直前。《筑梦中国》，我们的梦，我们的路。

长征之光
——观看电视纪录片《长征》

长征是从 80 余年前的心灵深处传来的，如茫茫的草地突然发出的叫喊。中央电视台拍摄了八集电视纪录片《长征》。播出后反响热烈，观众达 3.1 亿人次。纪录片从二万五千里的长征中，破译出诸多或知晓或不知的细节，大到理政治国，小到一言一行，每一处都谈得条理分明，有根有据。让我们在 80 余年之后神经震颤，就像看不见的手指，拨响了奋进的琴弦。

生命之光。长征精神是用苦与乐冶炼的。长征以战斗之频、河山之险、给养之难、病疫之侵、霜雪之冷，考验着红军官兵的意志与耐力。苍茫的雪山，高寒、缺氧、雪盲，挑战着人类生存的极限。然而，就是这支每时每刻与死神打交道的队伍，休息时，有的读马列经典、有的表演《红军舞》、有的用法语唱《马赛曲》、用俄语唱《国际歌》等，到处洋溢着乐观、友爱和热情，被斯诺称为"最幸福的中国人"。红军战士的最后一次党费，感天动地；围绕火堆灰烬的红军烈士群像，耸立苍穹。草地是死亡陷阱，张思德为战友冒险尝百草，给艰苦的草地行军留下了一丝暖色。血雨腥风之中，年轻的中国共产党迎接了一场严峻的考验。官兵一致同甘苦，红军前行的每个脚印都诠释着英雄，诠释着生命的含义。"红军不怕远征难"，寥寥几句话的描述，正是毛泽东、周恩来等革命先辈的生存境况。我们可以清晰地想到看到，那些开启长征的革命先辈，是在呐喊命运，为国家感叹不已。

理想之光。习近平总书记在纪念红军长征胜利80周年大会上的重要讲话指出，长征是一次理想信念的伟大远征。革命理想高于天，不怕牺牲、排除万难去争取胜利的长征精神，是创造长征奇迹的关键，也是纪录片《长征》的着力点。长征精神是用生与死锻造的。4支长征大军，出发时总人数为20.6万人，沿途补充后兵力1.7万人，到长征结束仅剩5.7万人。无数个"军需处"处长为了战友甘愿以命换命，无数红军官兵直到生命的最后一刻，想的仍是所信仰的事业。长征就是一部革命史，是疼痛的叫喊、喜悦的欢声、忧伤的悲泣、绝望的呐喊。长征途中，"他们从地下爬起来，揩干净身上的血迹，掩埋好同伴的尸首，他们又继续战斗了"。长征开启了民族团结的光辉前途。另辟蹊径，北上抗日，实现全国统一抗战大格局，中国人民由此走到了柳暗花明的又一村。长征的壮美就在北上抗日，我相信拨开历史的种种迷雾，民族的光芒始终照彻党的抗战史。这是一场为民族的生存、民族的尊严、民族的复兴发起的大决战，是100多年来中华民族万众一心，共同抵御外侮的一次伟大战争，也是100多年来中国人民反对帝国主义侵略第一次取得完全胜利的民族解放战争。抗日战争时期，中国共产党以民族利益为重，倡导并坚持国共合作，共御外侮，赢得了全国人民的信任和拥护。

梦想之光。纪录片的生命在于真实，必须让历史说话，让史实发言。近百位老红军出镜，集体完成对长征历史的精准表达。这是本片最令人瞩目的地方；相信群众，依靠群众，与群众鱼水相依，患难与共，是红军长征取得胜利的根本原因；高度的政治意识、大局意识、核心意识、看齐意识，这是长征为我们留下的重要经验。党心军心向着团结，向着统一，向着集中，向着胜利。各路红军由南方到北方，由分散到集中，实现了空前的统一指挥。在实现强国梦、强军梦的今天，这些都是具有重要现实意义的历史借鉴。长征不仅属于中国，而且属于世界。纪录片讲到了随红军部队长征的瑞士籍英国传教士勃沙特和他写的《神灵之手》、首先到陕北的美国记者斯诺和他写的《红星照耀中国》、美国作家索尔兹伯里写的《长征——前所未闻的故事》等。任何一种胜利都可以扩展出另外的胜利，任何一个梦想都可以诞生出新的梦想。三大战役的胜利、中华人民共和国的成立、改革探索的梦想，直接开启了中国历史的新篇章，并日益深刻地影响着世界。英国著名历史学家汤恩比曾在生前预言"21世纪将是中国的世纪"。中国的发展正在全面证实这位史学巨匠的独到眼光。2012年11月29日，习近平总书记第一次阐释了"中国梦"的概念。从此，实现中华民族伟大复兴的中国梦，深入民心、深入人心，真正的光，源自中国梦。

（此文2020年3月31日发于"中国作家网"）

进修赋
——写于2021年秋季第一期主体班

恰中秋之月，见月如见亲。圣地东津，党校问学，如火人生，如炬初心。拜马列，意寄书香，访前人之卓进；论党性，心系时代，思盛世之泽修。

进修精神，红色布道。庞公山雄，鱼梁洲动，汉江水起，精神并立。捧高铁之如珠，彰其俊秀；绾汉水之若带，受以鸿休。"干"楼萧然，举蕟檐而凌厉；日月并概，相学问之敬起。实事求是，浴襄阳之扶桑；精神建校，揽大学之景象。一校四园两唱晚，一园人文两分明。旷野听风，而辨山河表里；青编探典，而勘家国合一。

进修身心，校园丰盈。晨间漫步，徐徐于清风；球场王气，湛湛于竞咏。朝教堂而宣誓言，暮散心而言志坚。

翌日朗清，秋风景明，山川于胸，华室两栋，同学一心；三餐缠绵，友情互鉴，气壮山河，声振体操，同学义气。

进修课堂，一课一韵。群才典礼，美丽襄阳轮于座；少长同乐，绿色崛起欢以歌。组建班会，集学员之灵气；班级讨论，采天地之万里。大课小课，手握书卷，落笔鸿儒相见；临微论坛，三尺台前，开口活灵活现。以史为鉴，开创未来，是以文章载道；全民阅读，时代新人，当以风情妖娆；七一讲话，更中国化，言必无愧今朝。影视教学，古今毓芳；文体活动，拳拳心意；案例教学，月波润笔，录像教学，澄襟思远；党史教育，辉夜畅怀；访谈教学，英物逾常；外请报告，景昭校内；现场教学，琛纳瑰集；警示教育，悠悠含态；趣味运动，班班相缪；情景模拟，时时苍茫；结业测试，处处行云。治国理政，导读再读；伟大成就，自觉又读。生态文明，云壮思想；乡村振兴，气盖农桑；民法典藏，岁月沧桑；工作条例，襄阳仰望。

进修课目，良会清宵。书记之领三襄，诗勇气象；校长之观未来，见说汉江。华斌教育，干净干事；阅读牛静，礼乐书心；精神罗丽，天成静气；美丽襄阳，物华地宝。李峰领航，旭阳建群，便见张虎之思想；修云特色，继斌治国，领悟建华之建党；彦兵党建，杨珂案例，方知刘幸之轩昂；熊莉乡村，刘莎践行，引领安全之质量。网络强国张聪，经济思想春风，党性分析映长空；小倩创新驱动，发展格局胸中，红色音乐唱繁荣。产业襄阳，意在治国；保密责任，万物继明；组织条例，依旧景玉；机关党建，照见小平；思想破冰，长领引领；解读党章，唐岚动容；巡视巡察，心归传林；统一战线，程博心间；重走红军路，党史教育织彩霞，主题党日追典雅，红色故事入画；导读资本论，共产党宣言映日华，张亭法制化，燕丽行政依法。知识产权白志国，桌面推演黄婷婷，数字中国胡宏伟，外交思想入黄山。有道是，供给侧，邵海燕，国防教育，换得心啼血！压力动力，顿时声声激越；汇演共我，愁煞百十秋月；结业典礼，抚校消受凉热。

进修初心，激情奔涌。至亲同学，无不欢欣；党校之情，至勤至诚。新时代，老同学，新党校，又同学；尚礼崇德，诚信友爱，心潮滚滚，进取烈烈。守初心，为漫漫人生腾飞张开双翼；路迢迢，为家国情事通达加大引擎！人匆匆，互联互通，心情欢畅；情济济，常来常往，励志力行。

进修使命，同学同行。今日党校，一片热情。三百好同学，两月共风雨，一声同学情。云烟与共，倾力展前程。但愿明日，天南海北，八方同学同平安；举杯情深，祝福人生，四海同行同驰骋。

（此文 2021 年 12 月 2 日刊于"中国作家网"）

八 周

——有感于2021年秋季第一期主体班学习

八周学员，由衷畅快，时时处处，旷达不拘，灵动飞扬，仿佛市委党校之校训：实事求是。培训学习，创造精神，学习自有其中新意。中秋佳节，新的一天。带着祝愿，走进东津，月光如洗，党校如洗，心情如洗，我们在教室里写下了62名师生的心愿：恰中秋之月，见月如见亲……

9月23日，新的起点。从开学典礼开始，初心恰在一点一滴，境界在乎一言一行，市委书记的讲话和体会，一枝一叶总关情，打开了学习的第一周，引领着6个培训班开始一步步前行……阅读牛静，精神罗丽，修云特色，都是对习近平总书记"七一"重要讲话精神的一种解读。第一周，局长班实现了微论坛作品登上市委《领导参考》杂志。

9月27日，新的思想。《习近平谈治国理政（第三卷）导读》，是对我们进入培训最直接的一堂课：治国理政，不负韶华；《领悟伟大成就，增强历史自觉》，历史自觉从伟大成就中养成。学习习近平生态文明思想，总是在好山好水的家乡，体会襄阳的金山银水，感悟张虎的青山绿水。第二周，局长班迅速确立了四篇论文课题，并很快形成初稿。文体活动精彩纷呈。

10月8日，新的体验。曹彦斌、杨珂的"党建十案例"课，通过清冽细密的百年沧桑，带着"时代前列"的自觉，恰如其分地表达党的政治建设的长治，一个以人民为中心，人民至上的地方。新的体验，源于多姿多彩的案例教学，源于宏大壮美的影视教学，源于绿树成林的精神谱道，源于缠缠绵绵的一日三餐……第三周，产生了第一个有影响力的报道，《重走红军路》登上湖北日报。

10月18日，新的尊严。组织工作条例和保密工作，一个如朗朗明月，尊崇条例，在学习中体会；一个如炎炎烈日，敬畏工作，在讲授中授意。红色故事是神奇的，听得出最伟大，也听得出最平凡。这就是组织和保密带给学员的尊严。截至第四周，局长班微论坛涉及诗歌、医疗、养生、工作、生活等60个不同门类和行业，覆盖每一天第一个人。

10月25日，新的遇见。这是一个奇妙的相遇："巡视巡察"与"红色家书"在同一周相遇，让我们觉出中国共产党为什么这样红，可以让我们同时感受责任的存在和精神的存在，让我们既现实又理想地活着，释放出共产党员的感觉、想象与理智。第五周，县直局长班首次向市委党校图书馆赠送书籍，受到全校关注。

11月1日，新的导读。杜继斌老师对《资本论》的全新导读，宁玉老师对《共产党宣言》的倾情导读，最终成为一周教育的主题，这的确是惊心动魄的，它关乎我们的前途和命运。任方圆、王拓进高调推出的红色音乐党课，返璞归真，让我们看到了百年未有之大变局下的方向与努力。第六周,局长班红色故事会交流引起全校师生关注,标准的朗诵音惊艳全校,"王明健"事迹令人振奋。

11月8日,新的使命。这是一个童心永驻、朝气蓬勃的日子,学习习近平外交思想,倡导开放,美美与共。正如白志国所言:"保护知识产权就是保护创新。"党章是我们要学习的,而且学到极处是要有心境来做的。从国防到教育,从尊崇到敬畏,全校主题党日活动中,每个共产党员都在寻找自己的入党初心,更是对党章的使命唤醒。第七周,局长班论文交流展开激烈讨论,最终确立优秀论文四篇,已分别报送相关部门审阅。

11月15日,新的明天。我听胡宏伟的"数字中国",一个最突出的感觉是其中的数字深藏一面,普遍一面。优秀论文全校交流,用心用情体味"加快美丽襄阳建设,率先实现绿色崛起"的愿望。东津的阳光抚慰着局长班的每个学员,来自各县市区的60名学员才意识到了时光的短暂,以强烈的学员情,一遍一遍上演着我们的情景大剧《永恒的丰碑》。有了新闻发布会的情景模拟,有了9月18日的最后一次班委会的寄托,培训学习可以骄傲地说已经进入了新的明天。第八周,局长班在文艺汇演中表现不俗,以情景剧《永恒的丰碑》和《进修赋》朗诵,赢得全校赞誉。

八周培训,漫步在党校的大道小径,我习惯地想起了党校的新朋友,临别之际,想起了《进修赋》:进修精神,红色布道;进修课堂,一课一韵;进修情谊,良会清宵;进修初心,激情奔涌;进修使命,同学同行。

第六辑

一次修行

每天"第一次"

从表面上看，40多岁的我看起来还不错。有份稳定的工作，作为一名国家公务员，也小有成绩。然而，从今年开始，一切都出问题了，我感到迷茫、生气、泄气。由于监管越来越严，我所从事的审计工作也发生了很多变化，一切都成了以找问题为根本，审计查不出问题就是失职，干部压力越来越大了，我喜欢的朋友转行了。我固执地按照一直以来的方法做事，但我感觉自己一次又一次地碰壁，我的失败感从来没有那么强烈。

我在家里偶然发现女儿写的一句话"我要优于过去的自己"，我就问她："这是你的话，还是哪句歌词？"她反问我："你还在坚持写日记吗？"我说我们每天都在写日志。她若有所思地说："噢，每天都有新事情。"

"每天都有新事情"，我忽然有了一个新想法，从五月份开始，尝试发现生活中的"第一次"，我相信，只要发现，就一定有。我开始每天都做一件我之前从未做过的事情，我给自己立了一些基本规则：第一，锻炼身体。每天锻炼第一次，尝试第一次走弯路上班，尝试早起锻炼，从44岁起尝试一次性做俯卧撑50

个、60个，尝试一切没有体验过的锻炼。第二，加强阅读。就好像古代的文人志士，他们留心于生活，用一文一字写出了感悟，记录了故事，记载了历史。一切都是那样自然，好像只是在一瞬间，一个随意而书，便书写了一段人生。每天保持阅读，了解"第一次"。品味古人的"第一次"，还有那些以一文一字发人深省的名言。第三，关注微小。让自己拥抱任何一种微小的"第一次"，不能让一天白过，每天一件"第一次"，并把它记录下来。

每天要找一件"第一次"并不容易。但我努力先从每周开始找起。现在，我一次性可以轻松做俯卧撑50个；第一次将孝感审计组的审计理念带进了局党组；第一次听皮主任说宣传稿件上了人民网；第一次用散文的方式组织这次学习课、上党课。一些"第一次"是在关键的时刻，比如文学，我第一次以卷首的名义撰写《水镜诗刊》文章；我第一次在《礼记·中庸》中读到了自己的名字：修身则道立，尊贤则不惑。一些"第一次"是我在散步时临时想出来的，比如让实验中学的老师来教我们做广播操，第一次提出每天上午10点为工作课间操，得到局党组的认可。我发现，微小的改变最终改变了一切，它们让我摆脱了困境，把生机重新带进了我的生活，它们也让我明白了一个非常重要的道理：第一次不必是大事，不必具有戏剧性，也不必是冒险、重塑你的生活。只要尝试微小的事情，你就可以发现自己周围的世界很新鲜，好像你重新有了一双童真无邪的眼睛。

第一次把事情做对是最好的方法。在工作和生活中，我们每个人都会希望自己在每一项工作中都有良好的表现并且得到他人的肯定和赞扬，尤其对于年轻人而言更是如此。因为领导的一个点头、一句鼓励、一次肯定可能就他一天工作的动力。但我们要知道，我们工作不仅是为了得到他人的肯定，更是为了完美地完成工作从而为社会创造更大的效益。我们每接到一个任务，第一意识不应是"如何将它做好"，而是"如何将它做对、零差错、零缺陷"。而我们现在的岗位恰恰是他核心思想的最完美诠释。

我们已经太久地沉迷于习惯性思考，总是习惯于怠慢、看着办、模棱两可和差不多。做事的态度在很大程度上决定了事情的成败。每当我们着手一个新的挑战，脑海中就会不由自主地浮现出"没关系，第一次做，错了也是正常的，下一次最好就行"等侥幸心理。这不得不说是人的一种惰性。明明很清楚做事的要求，却在事前就为自己找好了借口，为做错找原因。所以说，态度决定一切，态度是"不妥协"的前提。只有抱定自己有能力在第一次就把事情做对，才能有"对"的行动的实施。

做人做事，道理相同。先从一点一滴的小事上开始做起并做对，在人生道路上要不断反思总结，要懂得"吃一堑，长三智"，对挫折和失败有深度的反思，不要认为自己有太多的资源可以奢侈，太多的时间可以荒废，太多的资本可以挥霍。我们要做到做人做事沉着稳重，不肤浅，不浮躁，珍惜现在的一切条件，认认真真做事，踏踏实实做人。

一幽玉溪，一缕蛮水，一束阳光，一段演义，一个抚琴弄客的人。做更好的自己，如琴瑟管弦，只为悦己，只为让世间多一个优雅之人，只为让流年存一颗从容之心。第一次以散文《一山一水一庄》思考了水镜先生的修行。

人生真的很长，长到可以一直等待一件事，一直爱着一个人，一直不能忘怀一段经历，每时每刻都在回忆县委办公室那零碎的小事，并且用一文一字记录下一个个情感的细节。这就是第一部诗集《一直在等》的初衷。"第一次"以"等"的方式将行云流水般的日子定格在记忆中。

"为一个事业一辈子/因一颗心等一辈子/做一件事就一辈子/守一个诺也一辈子。"这就是一文一字的魅力。我爱这一文一字,我更要守护好这一文一字,为了我挚爱的事业,为了我们共同的根基。"第一次"以"一生"的决心为审计命定为《一生在等》:初心不忘,一切即一。

每个人都是一朵花,每朵花都有自己的世界,尽管在大千世界里,我们只是渺小的花朵,却也可以成为蜂蝶的天堂,在别人的世界里留下回味,在自己的世界掬一瓣心香。这就是新诗集《李花百朵》里的一花一世界。中国纪实丛书主编、中国作家杂志社编辑任启发以《一树繁花一立翁》为题作序,并为诗集的"第一次"作了如下推介:

"李花怒放一树白/李白怒放一千年/孤傲得春意风来/满树都成了花仙",以诗仙李白作为这部诗集的开篇,新颖别致,像为王冠找到了一颗璀璨无比,又珍贵无比的珍珠。是不是因为诗人也姓李,故将"李花"作为一部诗集之首?不管是不是,李白作为诗歌王国里百花竞放时,在这部诗集中"第一枝绽放",无论如何都能令人信服。

正是生活的甘苦、辛苦、艰苦,让我"第一次"将一种常见又常吃,五味中的苦,作为父亲的象征——苦瓜花。"一条凹陷的花枝/如父亲满脸皱纹""每一条旺长的瓜/都是父亲的心肝""一日三餐能嚼出/父亲苦苦的汗水",这也许就是父亲的伟岸之躯,伟大之处,只有为人父为人母才能体味到这种刻骨铭心的深深的敬爱。

每个人都是一片叶，每片叶都有自己的绿意。一花而见心，一叶而知意。在我的眼中，慈祥的母亲只有五月洁白的栀子花能承载，"母亲深藏于花的深处/我却是她眉心唯一的白""我多么希望白是一个动词/将五月的白显出节日的白""母亲给我们一生，我们难道不该给她一个季节吗？""我的情结比栀子花还白"，"第一次"以伟大的母爱与从事的审计工作相联，质本洁来还洁去。

第一次将爱人以"百合花"珍藏在心底，"心里/只有一朵百合花"。第一次将女儿以"桃花"视若掌上明珠，"当我不再牵着女儿/因为女儿也已渐渐/视若桃花/如今晨这似春的年华"，每每想到这些，想到亲情，即使不曾闪现鲜花，也忍不住热泪盈眶。

第一次将伟人毛泽东以《蜡梅》颂之；第一次将总理周恩来以《海棠花》念之；第一次将邓小平同志以《紫荆花》爱之。若将花比人间事，花与人间事一同。我们常吃的蔬菜，常吃的坚果，黄瓜花、南瓜花、柿子花、核桃花、豆花、葵花、棉花等，第一次从诗的角度赋予了崭新的含义。一些原本不是自然界植物的花，却是我们熟悉的，泪花、恶之花、火花、雪花、浪花、礼花等，从一朵花中悟出整个世界。对于写作而言，一花一草便是整个世界，一文一字便是一首诗，每一首诗都是写作的"第一次"。

一年老一年，一日没一日，
一秋又一秋，一辈催一辈。
一聚一离别，一喜一伤悲，
一榻一身卧，一生一梦里。

寻一夥相识，他一会，咱一会；
都一般相知，吹一回，唱一回。

这是一首嵌字体元曲小令，构思和写法皆甚为独特，连用22个"一"字，含义各异，层次分明地反映了对如梦人生的慨叹，叙述了虚幻人生的凄苦。

借2020年新的春天，我的善意如初，愿我们守住"第一次"，做对"第一次"，每天"第一次"。

（此文2020年4月10日刊于"中国作家网"）

家书是一剂暖心良方

"烽火连三月,家书抵万金",这首墨迹长存、余温犹在的经典诗词,既是先贤心系桑梓、寄情亲人的生动写照,也是后人珍视情感、滋润心田的文化镜鉴。审计干部需要认识到家书文化不是个人小事、家庭私事,传承得好不好,会影响一个人的一生、一个家庭的现状和未来、一个单位的文明与创新,乃至一个民族的传承与发展。

家书传递情愫。众多志士豪杰的慷慨遗言、大量文人墨客的千古绝唱、无数黎民百姓的浩叹欢歌,很多以家书的形式流传后世、昭示今人。当今社会,现代信息技术广泛应用,特别是移动互联网覆盖全球,人们只需轻点手机屏幕,便可诉说心曲、互道衷肠。但互联网"关系圈"毕竟不是所有的亲情友情都可通过键盘敲打出来。互联网日益广泛地使用,降低了家人亲友交往的质量和品位,应警觉和预防网络对优秀文化因素的稀释和削减。审计干部大多长年累月在外,无论人在何处,修一封家书、报一句平安,就可化解千里之外亲人的担忧挂牵,令其安心宽慰。特别是在信息泛滥的时代，家书的价值尤显珍贵，家书更是一剂暖心良方。

家书传播文化。鱼传尺素、鸿雁传书，这样的文化传统代代相传、世世相袭，融入审计生活，升华为审计文化的重要维度——家书文化，沉积为融亲情、乡情、友情为一体的独特审计文化现象。让家书传播好家风。身为审计干部，须以勤勉谨严家风立干事创业标尺。"积善之家，必有余庆；积不善之家，必有余殃"。没有好的家风家教，既难以清白做人，也无法专心做事，更无从家书传达。家书更是砥砺品行、干事创业不可或缺的精神指针。成长于克勤克俭、崇俭抑奢的家风环境，自会多一份厉行节俭、反对浪费的主动；沐浴着谦虚谨慎、律己以严的家教熏陶，也会多一些手握戒尺、心存敬畏的自觉。可以说，有什么样的家书，就有什么样的好家风，也就有什么样的精神状态和价值追求。

家书传承魅力。优秀文化具有永恒的魅力。当今时代，人们既需要现代网络的迅疾和轻灵，又需要高雅文化的温润和熏陶。不难想象，通过网络隔空进行的对话沟通，无论如何都显得文化底蕴不足。昔日尺牍信札中真挚的感情、熟悉的字迹、质朴的语言，都被程式化的简单符号所代替；而这些网络符号转瞬即逝、难以恢复，即便其中有时也能迸发出智慧火花和闪光言语，但难以完整保留、长久珍存。家书对审计文化的传承功能是网络所无法替代的。应慎终追远、固本强基，在审计干部中积极倡导手写家书，让笔墨文字所蕴含的温情暖意抚慰疲惫而躁动的心灵。让家书文化成为审计人寄托情感的精神家园。特别是要引导和鼓励审计干部坚持书写家书与运用信息技术并重,使家书文化在信息时代延续下去并融入审计生活。

(此文刊发于 2017 年 6 月 30 日《中国审计报》周末特刊"七日谈")

阅读是一扇窗

阅读是一扇窗。中华文化源远流长，博大精深。时移世易，书籍渐多，阅读渐迫。当今时代，是一个辉煌的时代，一个创新的时代。大凡时代之需，必求所问。阅读便给你打开一扇窗。自在的怨，自在的兴，自在的群，自在的观，每个人都能尽情地抒发自己的怀抱，你又打开了另一扇窗。

有这样一则故事：相传在一个寺院里，师傅教了许多弟子，其中一个弟子自认为已经学成了，就提出要下山。师傅让他拿个木桶，往里装石头，弟子很快就装满了。师傅又让他往里装些沙子。沙子从石头缝隙里漏了下去，直到把缝隙填满。弟子把木桶提到师傅跟前说："师傅，这次真的装满了。"师傅一句话也没有说，拿着水瓢，舀了一瓢水倒在木桶里，水很快就渗了进去。弟子此时满面愧色，说："明白了，我还有很多东西没有学会，我不下山了。"古往今来，因学无止境而传为美谈的事例，俯拾皆是。学无止境是求知的最高境界。

不学自知，不闻自晓，古今中外，从未有过。欲知其理，欲晓其事，必须勤学苦读。现代人为了生活更好而疲于奔波，艰辛自不用说。缓解心理压力已经成为社会之病。保持心理健康和学会释放自己，无疑成了人生必修课。那么，就阅读吧。行走在开满百花的书山，那些自由散步的文字是幸福的，给自己放个假，短暂离开钢筋水泥的包围，投入到文字的怀抱，像花朵一样聆听自然的呼吸。蓝天、白云、湖水、密林、古寨、山庄……这是书香南漳，也是你最佳的选择。

无声中求真实，无声处最美。一直以来，都觉得美是不需要表达的，因为有一种美本身就是无声的，那就是——花。无声的花朵，无声的芳香，无声的美丽，始终对于我们有着不可替代的诱惑，所以才成就了文人雅士几千年来书写不尽的最爱。他们将爱情与甜美、思念与等待、惆怅与迷茫都钟情于这无声的花瓣之间、花蕊之中、花朵之上。

说到花，让我想到了我的诗集《李花》："李花怒放一树白。"据说，这是李白7岁时脱口而出的一句诗，也是"李白"名字的由来，我对此确信无疑。以《李花》作诗集名，从李花进入百花。也许就是因为这种无声的美，李花在李白的映照下才显得更加灿烂。我被李花的"怒放一树白"之美惊呆了。"李花怒放一树白/李白怒放一千年/孤傲得意春风来/满树都成了花仙//我欲走近她/但/谁能进入那太白。"是李花激励我，引领我，使我生活着、热爱着，看着我写出一朵一朵的花。

从李花进入百花，还有更多的阅读，不只是蓝天白云下，繁花静静绽放的故乡，而是一个古老与现代融合，真实的、欣欣向荣的、人民安居乐业的南漳。期待打开更多的窗！

（此文2020年4月23日刊于"中国作家网"）

何以"致远"

我们能走多远?这是很多审计人经常思考的人生命题。这里的"远",代表着梦想与目标,折射着胸怀与境界,体现着审计的质量和水平。无疑,每个审计人都希望自己能走得更远。那么,何以"致远"?

梦想"致远"。习近平总书记指出,实现中华民族伟大复兴是中华民族近代以来最伟大的梦想。"心有高标,方可致远",只有心怀崇高信仰和远大目标,才能在人生道路上越走越远。中国梦昭示我们:理想信念和思想认识有高度,视野就开阔,头脑就清醒,精神就振奋,就能"致远"。中国梦有着丰富的内涵,体现在经济社会发展的方方面面。中国梦是创新梦,改革创新,是党和国家永葆青春活力、不断发展进步的主要源泉和不竭动力;中国梦是廉洁梦,坚持中国特色反腐倡廉道路,全面推进惩治和预防腐败体系建设,实现干部清正、政府清廉、政治清明,是清正廉洁的重要目标和标志;中国梦是法治梦,民主制度更加完善、民主形式更加丰富、依法治国方略全面落实、法治政府基本建成、人权得到切实尊重保障,是民主法治的重要目标和标志。

审计要推动实现中国梦，就要坚持以中国特色社会主义理论体系为指导，牢固树立科学审计理念，围绕"反腐、改革、发展"的目标要求，着力推进改革、促进发展、维护民生、揭示风险、查处案件、强化问责、整改有力，充分发挥审计保障国家经济社会健康运行的"免疫系统"功能，在服务经济社会科学发展，促进深化改革和民主法治建设，维护国家经济安全和促进反腐倡廉建设，推动深化改革和完善国家治理方面发挥更大作用。

责任"致远"。审计作为监督部门，自身正，方能正人。审计干部只有把责任当成约束，才能促进作风的不断改善，才会提升审计干部在人民群众中的吸引力、凝聚力和号召力，增强血肉联系、凝聚党心民心。审计部门历来崇尚"八不准"，上行下效，行之有效。有了责任，就要强化执行力，让审计干部对遵守规章制度内化于心、外化于行。唯其清廉，可抵挡物欲横流，可练就百毒不侵，可树立端方形象，可吸引万众归心。审计干部要敢于和善于做干事的表率，始终保持奋发有为的精神状态，不怕困难、一往无前，耐得住寂寞，抗得住诱惑，不达目的不罢休。当前，各级各部门都在积极落实党的群众路线教育实践活动，审计部门必须率先落实好教育实践活动的任务、树立优良作风，必须坚持审计先行，坚持打铁还需自身硬，每一个审计干部都要自觉把自己摆进去，高标准、严要求，要求别人做到的自己首先做到，要求别人不做的自己坚决不做，实现"认识高一层、学习深一步、实践先一着、剖析解决突出问题好一筹"。规矩成了习惯，责任就成了习惯。只有通过教育实践活动，在思想深处触动"密切血肉联系"这个根本、在党性修养上强化"执审为民"这个责任，才能将转作风内化为精神追求和自觉行动，持之以恒真转实改，打消群众疑虑，让民心与党心贴得更近。有责者必须严格问责。有权必有责，敢于和善于担当。不能只有权不履职、不负责。要通过严格管理，促进和监督依法行政、依法从审。让国家资金在阳光下运行，审计干部才有正气，人民群众才有信心，审计事业才有希望。

宁静"致远"。一个人如果甘于享乐、心浮气躁、急功近利，势必缺乏长远目光和毅力恒心，终难有所成就；只有信念坚定、心无旁骛、甘于寂寞，方能抗得住诱惑和干扰，实现人生目标。宁静笃学。心静方可笃学，人生当以笃学为先，重学、善学、勤学，无有不进者，要想在人生道路上走得更远，就必须读有字之书，悟立身之理，咨前事为师，交有益之友。学与用、知与行，是一个不断转化的过程，也是一个相互促进的过程。只有坚持在学习中实践、在实践中学习，才能有效提升能力。宁静淡泊。受命于危难之中的三国时期的智士诸葛亮深深体会到"淡泊宁静"的重要性，以"非淡泊无以明志，非宁静无以致远"告诫自己和后人。审计部门尤其注重自身之"廉"，并始终以其为修身之本，不为任何风险所惧、不为任何干扰所惑，一心一意干净干事，全心全意谋事创业。同时，审计部门不仅自身是反腐倡廉的表率，而且在及时发现和依法查处腐败方面具有自身的独特优势，是惩治贪污腐败、规范权力运行的重要工具。宁静至诚。在经济社会深刻转型、各种诱惑不断增多的今天，审计人要走得更远，就更加需要秉持对党的事业的至诚之心，涵养宁静之气，力戒空谈、注重实干、不图虚名、务求实效，一步一个脚印地向着目标迈进。

文明"致远"。审计人深知：一旦在文明的天空里，遇到并彻悟哲思和审美的灿烂星光，散发出令人震撼的启示。"责任、忠诚、清廉、依法、独立、奉献"的审计精神，构筑起这片阵地新的精神家园。法律之魂是对权力的保护，审计之魂是对权力的监督。律人先律己，正身先正心，知尊先知耻。审计干部不怕吃亏、不怕碰钉子、不怕困难的"三不怕"精神，催生着一个又一个硕果。唯有思想走得最远，唯有品德值得称道，唯有真诚赢得人心。书香机关，始自阅读。读书是为用书，用书是为文明。也许最好的文明就是文化，最好的文化来自真实。塑造审计精神，崇法求真、尚廉求进、善于谏言、无私无畏、尽责担当、严谨细致、勇于创新；坚守职业道德，做到廉洁、质量、文明，以责立志、以德立身、以能立业、以行立信；恪守职业操守，做到清清白白、干干净净、堂堂正正。正如我在诗中所述："执审携卷文明赋/勤思多问善顾/一身正气/头顶蓝天/责任在处身在处/凭账问路/路路靠数/拜一丝一粒/请一厘一毫/忠诚清廉终有度。"文明致远，有文明滋养，与文明相伴，平凡而执着的审计人，一定会优秀，一定会超越，一定会感动。这种感动不是一时一事，而是一棒接着一棒，一棒比一棒令人鼓舞，令人奋力向前！

清茶悟

国家主席习近平在比利时布鲁日欧洲学院演讲时,以茶和酒比喻东西文明的兼容共荣。"茶的含蓄内敛和酒的热烈奔放代表了品味生命、解读世界的两种不同方式。但是,茶和酒并不是不可兼容的,既可以酒逢知己千杯少,也可以品茶品味品人生。"品茶到了这个层次,可谓道。审计工作与品茶一样,以茶为生、以茶修为,可谓茶中有审计。

茶之本,乃是俭。居家度日,粗茶淡饭;日常待客,清茶一杯;百姓养生,以茶为要。打铁还需自身硬,越是在缤纷变幻的社会里,审计人越能"俭以养德"。超然于物外,游离于世态,让焦虑的心境平和洒脱,使发热的头脑安然冷静。"木受绳则直,金就砺则利",纪律的生命在于执行。正是由于坚持说到做到、敢于动真碰硬,以依法审计的姿态,有纪必执的制度刚性,审计才能充分释放从严治审的正能量,不断激扬反腐倡廉的清正风气。制度管用了,执行硬气了,"伸手必被捉"日益成为大概率事件,各项纪律也逐渐由软约束变成硬杠杆。越织越密的制度笼子,越收越紧的纪律约束,给干部穿上"紧身衣",也提供了一面面镜子，映照着各级干部对权力和自我的认识。

茶之性，乃是洁。茶与水不可分，但不与污水为伍。"出淤泥而不染，濯清涟而不妖"。这是品质的纯净。古人把静与净视为同义，二者境界亦自有高格，又互相融合。纯净，是审计干部的底气。有了底气，才能说话铿锵有力、办事果敢干练、做人实事求是、处世干干净净。底气从何而来？底气来自自身的灵气。要立足于思，胸怀全局，耳聪目明，吃透上情，体察下情，洞悉内情，科学研判；要立足于勤，注重实干，恪守职责，严谨细致，反应敏捷，灵活处事，体现服从，搞好服务。底气来自自身的廉洁。坚持自警，时时自省，处处自律，规范言行，襟怀坦荡，清清白白，干净干事。底气更来自高洁的品德，当面临音之魅、色之炫、名之耀、利之诱时，能秉持淡泊心态，荡去尘世浊物，守护心中净土，冰清玉洁不染，此谓"不以物喜，不以己悲"，是谓守静更得净。

茶之功，乃是醒。当头昏脑涨时，喝杯清醇好茶，便觉神清气爽；当百思不解时，一口浓茶入肚，顿生灵感；当烦事闹心时，静心慢慢品茶，立可清心畅快。审计工作在很大程度上对干部就是一种提醒功能。身为审计干部，责任重于泰山。坚守审计干部的"卫士"责任，要实事求是、勇于担当，锻铸审计干部的"公正"形象。责任，是以对国家和人民，对历史和法律高度负责的精神，认真履行宪法和法律赋予的审计监督职责，充分发挥审计"免疫系统"功能，完善资金分配，提高资金使用效益，促进社会公正；当好公共财政"卫士"，推动完善国家治理，保障经济社会健康运行。秉持对党、对国家、对法律、对事业的无限忠诚，始终坚持真理和正义，矢志不渝，百折不挠。无论在什么岗位，都有强烈的事业心和责任感，做到履职不懈怠、遇事不逃避、担责不推诿，始终保持奋发有为的精神状态。

茶之境，乃是静。当环境幽静、心地安宁时，方可品出茶之韵味，悟出茶之意蕴。宁静致远，把茶当作一杯心泉，喝的是一种"性灵"，养的是一种精神，求的是一种境界。

茶中有真意，为审当有品。让崇"俭"成为审计的品行，喜"洁"成为从审的品质，善"醒"成为务审的品性，守"静"成为共审的品格，必能磊落光明、快意一生。

（此文2020年4月17日刊于"中国作家网"）

做一只蜘蛛

笔有锋刃，砚有浓涛，墨有烟云，纸有香泽。万无一失靠"绝活"，选择学习就是选择进步；学习不仅是学理论，但理论无疑是学习最基本最重要的途径。

新的时代，新的召唤，党的群众路线教育实践活动已将学习的平台推向基层，愈接近一线，愈接近真实。全面学习、终身学习、重新学习，已经成为促进经济和社会发展，促进个人全面发展的必然要求。

一切创新都离不开继承。

今时今日，当你神情专注，把目光拂过书本，不仅会有一种踏实感，也会感到跳动的知识精灵带着你去遨游寰宇；当凝聚双眸，投射求索的视线于页面，会感到一种沐浴智慧洗礼的精神慰藉。

静到极处的阅读，也是思绪万千的翻腾之际、心声萌动的奏鸣之时。天籁之声、生命之曲，只有在专心于阅读之中，闻听得真真切切。

也许我们不能预测未来，但我们必须学会学习。

我所工作的地方与南漳一脉相连，唇齿相依。既有文境的实在美，给人以"如闻其声、如临其境"的美感——真力弥漫，万象在旁，又有诗意的空灵美，给人以"水中之月，镜中之花"的美感——不即不离，沁人肺腑。

"实"如脚踏之地，"理"似通心之桥；"鼓"具激越之劲，"舞"有浑然之姿；"起"得倾向明朗，"伏"得言近旨远。

所遣之词，所造之句，虽能进"寻常百姓家"，却嗅而有芬芳之气，视而有艳丽之色，审而有俊美之感。

为此，我们晨同日出，暮随日落，夜伴星辰，忙忙碌碌在这个相敬如宾的大家庭，以苦为乐，以苦为荣。这是文明养育的基本功。

我和南漳所有的审计人一样，不是南漳的一名匆匆过客，我们的家庭，我们的事业，我们的希望都在南漳。我们对审计，有一份浓厚的感情、持久的责任。我们知道大家关心的是什么，大家迫切希望解决的又是什么。我相信，真正能"化苦为甜"的人是永远不会吃亏的。

雨后，一只蜘蛛艰难地向墙上的蜘蛛网爬去，墙壁太湿太滑，蜘蛛爬到一定高度就掉了下来。可是，掉下来的蜘蛛又接着往上爬……屡爬屡掉，屡掉屡爬。

就做一只蜘蛛吧，做一只坚持不懈的蜘蛛。

心态决定成功。我于是常常在想，紫陌红尘，白云苍狗，人的一生确乎只是一座纪念碑。而寻找关于青春岁月最高的光荣与梦想，拼其一生，未必不靠蜘蛛之功。

青年人的"诗和远方"

这些天,如火如荼的红军长征胜利80周年纪念活动,让当下青年得以仰望那段光辉岁月。80年前的雪山草地上,行走着的正是一群赤胆忠诚的年轻人。他们怀着坚贞不渝的理念信仰,走上一条艰苦卓绝的追寻之途,经历了铁血考验,最终为民族找到一条康庄大道,而自己也成为历史夜空中最闪亮的星。

因为从事审计,自然关心审计人的生活,尤其最关注业务专长的年轻审计人。从侧面而言,一则是他们的业务技能,二则是他们的敬业态度。说透彻一些,就是看看在他们的审计工作和生活中,有没有安排出静下心、安下神来想审计,做审计的时间。这体现着他们工作的品位和格调。

人生没有简单模式,退一步讲,即使有,大都是有限的,很难抵达远处与高处。如果在人生紧要处的青年时代,走得更坚实一些、积累更丰厚一些,则行稳致远,不难实现。这毋宁说是一种沉潜和历练,种种艰难困苦往往能起到"曾益其所不能"之效。

保持一种平静的心境,审计工作也会温和。安静中以审相交，我们会更加恬淡静雅。身处一个行色匆匆的时代，有人不安，坐立不宁；有人随俗，与世浮沉；有人惶恐，患得患失。原因就在于失了静心。一定要静心安神捱过这些尘世的诱惑，让自己静静地审计，与审计事心灵相通，在数字中任意畅游。只有这样安静地审计，才能让心灵得到净化，才能让灵魂得以休息，才能让精神不容消散。

每天就这样静静地审计，也没有去计算一年得到了什么，一年失去了什么。但令人惊叹的是，在不知不觉中你对工作的态度有了改变，对人对事变得越来越清晰。对世态的变迁平静而淡定，没有了追名求利的欲望，你还会发现自己变得更加自信。静源于心，心必有志。志就是信念。信念不移而能凝神，凝神而能气定，气定而能守静。善守静者，心宽似海，心明如镜，心坚如钢。而当诱惑和逆境如疾风袭来时，只见草木扶摇，我似泰山不动。

其实，每一代青年都在进行着新的长征，唯理想不灭、信念不屈者能走得更远。他们以自己的奋进，为国家和民族开拓更广阔的空间，并在这个过程中完美实现自我。

这，才是年轻审计人的"诗和远方"。

（此文2016年12月1日刊于审计署网站）

一品红

冬天。湖北南漳，长出无限欲望。

一品红摇曳，盛开斑斓娇艳。片片红叶翩翩起舞，幽香涌动，一副喜气洋洋，一《路》盛开了无限激情，把整个冬季燃烧。《短发如我》的《琴表姐》，一味品尝《锅铁王》。

一品红花开，即便是寒冬，《最后的等待》留给《父爱》，《爱之于我们》，《爸妈爱情》更似"老来娇"。《出租车司机》载着《铁匠》《漫游水镜湖》，《两个骄傲的人》《安》然于《山水人家》，《乡间小路》不时跳动着《凤凰鸟》的嬉戏，是对《两个婆母都是娘》最《恩人》的舞蹈。

一品红搏击，风雪的摧残窒息不了生命的律动，每一片红叶，都是一束"红光"，使人感到生活的新生。在《柳树林子》，《有个山村叫漫云》，《故乡的五口堰》——《两个人的村庄》，《失手》《玉米》，得手"圣诞红"。

一品红绽放，八百里云天，《圆月依然当空》，文学和审计，布满《漳河源竹语》，《夜读》《我所遇见的审计人》，倾听《一次诗书缘份》，还来不及细心品味《老友记》，《局长来电》，完成了生命体验的一个过程。

一品红，你用《乳香》的色彩，在季节的轮回中展示春的美丽。在《子嗣》的沉寂里，《巡检，春天印象》赋予审计新使命，给人留下刻骨铭心的回忆。

（此文为南漳县"审计杯"文学大赛作品小结，于2015年1月22日刊发审计署网站）

文学大赛漫谈

这是一个非同寻常的一年，纷扬的花絮将习近平总书记的"文艺之声"携来的时候，温煦的风也将"审计杯"传遍了南漳山水，随着《乳香》搭载着"湖北文学奖"一路入梦，所有的荣誉在南漳文学被一一定格。

仿佛背负一种时光的邀约与文学的认定，我们的第四届文学大奖赛评选结果于12月8日在县审计局文化书屋揭晓。蔡红光的中篇小说《步枪》和张方的短篇小说《两个人的村庄》夺取本届文学大奖赛桂冠；赵凯的《出租车司机》等7篇作品获得二等奖；杨锋的《一次诗书缘分》等10篇作品获得三等奖；秦见君的《短发如我》等10篇作品获得优秀奖；廖静的《爸妈爱情》等5篇作品被授予新人奖。

社交圈出不了科学家，王府井放不下大文豪。我们在祝贺张方的同时，更为蔡红光祝贺。如果一个人能够沉浸在寂寞之中，他便是一个拥有了无穷力量的人。事实上，蔡红光身处寂寞而不觉孤独，一轮柔和宁静的明月，一把光洁如银的轮椅，一台有声无言的电脑。写作，是心灵的倾诉；读书，是生命的体验。边读边写，边写边读，如此观之，寂寞中并不困难，寂寞中自有美丽。为人生的这种幸福而祝福！

新人是美好而永恒的主题。几年来，南漳县作家协会坚持发现新人、培育新人，致力于南漳文学新生力量的增长，从本次大赛来看，4月1日启动，至10月31日截稿，共收到作品115篇，其中小说15篇、散文70篇、诗歌30篇。参赛稿件之多，超出了预期；特别是散文作品，达70篇之多，比上届的36篇多了近一倍。吴玉琴、廖静、张栩、江漫、韦耀武等5位新人新作的出现，其风格各异、清新活泼的体裁作品引起评委们的高度关注。

缘分是首诗，读得不经意会错过，读得太认真会流泪。现在，我已经很少流泪，但我仍不时为崇高的思想境界、为善良淳朴的心灵、为人世间一切美好的事物流泪。"审计杯"由南漳县审计局主办，这一切的根由，都在审计文化与文学之美兼而得之的文明之缘，诱人焕发审美创造的魅力。一切都因文学这根魔杖的点化——点化了审计人的心灵，点化了心灵最珍爱的情感深处，使之有了喷发倾吐最自由最灵动的出口。正如我在一首《金银花》的诗里写道："金银花再次绽开/水开花开/世界也开//金银花的那一口气/就从这里/这样出来。"这也是对文学的最大愿望。

文学为审计的作者，审计最终也是文学的读者，能够与文学为伴，我们是幸运的。审计局也将在以后每周五的学习日中，分期阅读大赛的这些作品。我理解的作品，应该像是在万里长江坐篷船时打开的那扇窗口，窗口不一定很美，看到的也只是万里长江的一小部分，这一小部分却暗示着一个在天地间涌动不歇的生命整体。有限的窗口，给人感知无限的风景和境界。从审计的视野，如果硬要给这扇窗口赋予哲理或文化的意义，我都认为是刻意限制了它。

是文学把我们召唤在一起。当我们彼此握别，心里那一份真诚的祝福也相互传递着。南漳的文友们，我们期待着丰收季节的更大期待，期待着第五届文学大赛的相会，期待着大家在文学艺术上的收获与突破。

在南漳，能在如此众多如此广阔的文学天地里，晨起夕眠，耕作日月，放目神采，怜香惜玉，更是幸福的。

（此文2020年4月28日刊于"中国作家网"）

后 记

招引处
——记《近乡》

李道立

卞和将璞玉献给了楚文王,却没想到
文王琢玉成玺,让历代帝王拥有天下
一楚山水,一片圣地,守着一世恋情
一边泣玉,一边等待璀璨和天荒地老

南漳归来,在芦笛中,我们静静依靠
风柔柔地吹,不时传出了宁静的童话
是谁骑一匹白马,在古道和三国演义
在中国有机谷里还俗,与万姓共歆享

一湖一谷一瀑一河,一山一水一庄一桥
这些绿水青山的养颜品,陪伴五谷生长
星辰雨露里,把乡愁保养得红光满面

我喜欢的楚丹阳,都是招引我的山河

我向往着在樱花下的山河边运笔写诗
每一朵樱花,仿佛站成一排排的水鸟
文字看得见,从荆楚大地荡过来的秋千
我站立成春秋寨的色彩,以昂首的姿态

时光被一条洞河叠加,开始厚重起来
金边土豆也带着浓厚的现实主义色彩
酒气里走出扶贫,调动新的浪漫主义
有鸟语的守护,觐拜青山的起伏连绵

在一线,在堰河,我动用了千年暗语
走在桃花源、夜凤凰和庵沟花谷的格律里
我已经清晰看见,一个县的春夏秋冬里
给南漳许下"三县战略"的大愿,现实呈现

从李花入诗,明显是招呼春风的姿势
春风得意的故事,在我的家乡特别多
疫情来了,有诗疗伤,写出自己,更上层楼
向李白追寻诗和远方,留下诗意穿行的自豪

被脱贫攻坚抽干乡愁的游子,又在初心之旅里
获取扶贫的律令,没有人拒绝山河的天灵地光
轻风来了,春天就来了,春天来了,柳林为证

一回再回的茅坪，我用什么才能留住你的美妙

驻村，给了我的2013，给了我的2019
给了我打动生活的甜蜜，给了我的天堂
流年安之若素，岁月打磨一些特殊培训
柳林诗会，我用什么才能留住你的一首诗

我试图清理一段经历，直到同学赋从我内心
取走了30年光阴，留下的，借宿在审计里
引党史之美空觞自酌，测试长征之光的胆气
于是，我就看见一些时间，先于我来到这里

审计搬空了我的大部分精力，剩下的时光
让一个又一个的经典的魅力，被热血唤醒
我写下西藏，以及藏匿在时间的另一个故乡
幸福如星辰的一个梦，徐徐打开"两个一百年"

谁能陪我一次修行，守候千年的故乡
或许家书会搁浅，但这并不妨碍我的向往
一扇窗在南漳打开，多像阅读的一首诗
在打开我心中的故事情节，我假装不知道

若夜色阑珊，我不敢多看每天第一次
怕一天时间太短，怕一见钟情地喜欢
做一只蜘蛛，让晚霞在自己身上流淌

我活着，必有一处灵魂，在招引着这山河

何以致远，一切似乎正是你想要的乡恋
静养之道，一切似乎正是我想要的乡愁
如果这一生一定要悟出什么，我希望清茶悟
如果一定要选择诗和远方，我愿意永远在南漳

2022 年 5 月 10 日于南漳